Gilberto

O menino do Doi-Codi

Ruy Ferreira

LEMBRETE DO AUTOR
Esta é uma obra de ficção, qualquer semelhança
com nomes, pessoas, fatos ou situações terá sido
mera coincidência.

Dados Internacionais de Catalogação na Publicação (CIP)
Elaborado pelo autor

B869.93
F383g

Ferreira, Ruy, 1953-.
    Gilberto: o menino do Doi-Codi / Ruy Ferreira. – 1. ed.

    – Ubatuba/SP: ?????, 2016

    141 p.

    ISBN 978-85-913985-1-5
    Prefixo Editorial: 913985

    1. Ficção. 2. Ficção nacional. 3. Romance. 4.
Romance nacional.   I. Título. II. Autor.

Dedicatória

Aos guerreiros das sombras e das incertezas que tombaram anônimos.

Capítulo 1 - O cenário

I - Nem sempre se ganha

Os integrantes das duas equipes de busca e apreensão (EBA) desembarcam dos carros e cercam a casa cinza com portões brancos, onde a luz da rua iluminava seu número - 109, o restante do bairro de Vila Kennedy estava em silêncio, afinal nem mesmo cachorro late às três horas da madrugada. O Capitão Gomes Cordeiro chefiando a operação sem precisar dizer uma só palavra, assistiu ao posicionamento de seus homens diante do aparelho comunista. Chegando ao bairro, vindo pela Avenida Brasil, cruzaram com uma Kombi azul e branca, conduzida por uma mulher de óculos, bem na saída da via e como o encontro se deu de relance ninguém das duas EBA deu atenção.

Cabo Jorge e Sargento Almeida foram até a porta da casa, pé ante pé, se posicionando em cada lado da porta. Almeida com sua inseparável metralhadora Thompson calibre .45 fez sinal para o restante do grupo, indicando que estavam prontos para a incursão. Gomes Cordeiro levantou o braço, todos ficaram atentos e preparados para a ação. Ao baixar o braço, a ação foi desencadeada. Jorge meteu o pé na porta que abriu fazendo um barulhão danado naquele silêncio da madrugada.

Para os que olhavam de fora havia uma escuridão total lá dentro, só a silhueta do cabo aparecia no vão da porta escancarada. Nisso um estrondo surpreende a todos, o som inconfundível de uma escopeta calibre 12 enche o ambiente, Jorge é lançado para trás e para cima como se fosse uma boneca de pano. A pistola que estava em sua mão foi arremessada para o lado de fora da cerca e ele fica estendido entre o vão do portão social, quase três metros distante da porta da casa.

Naquela fração de tempo, que no momento pareceu uma eternidade, viram-se as labaredas da espingarda, o salto inusitado e grotesco do Jorjão, a fumaça saindo da porta. Tudo aquilo ficou profundamente marcado nas mentes dos membros da equipe. Almeida, junto à porta foi o primeiro a reagir, não dando tempo ao atirador de recarregar a escopeta, passando de um lado para o outro da porta pipocando a matraca. Atirou sem ver, só no instinto guerreiro de quem já havia participado de situações reais na Força de Paz em São Domingos.

Quando o sargento terminou a passagem, o cabo Gilberto que havia percebido claramente a posição das labaredas do cano da escopeta atirou com sua carabina .30, uma, duas, três vezes, apontando para a parte de baixo da parede em frente à porta da sala. Lá dentro, alguém gritou alto um palavrão, seguido de um grunhido de dor. A reação do sargento Rosário foi em outra direção, meteu a mão no bolso da jaqueta e sacou uma granada de mão, arrancou o pino de segurança, lançou porta adentro e atirando-se no chão gritou bem alto: - granada!

Como se fosse uma dança ensaiada todos se atiraram ao chão e a explosão da granada acordou metade do bairro. Mal a fumaça esmaeceu na porta, o facho da lanterna do sargento Souza iluminou a cena terrível ocasionada pela reação dos agentes. Um homem emborcado, dilacerado, uma escopeta caída ao seu lado e muita fumaça presa naquele cômodo. Afinal, naquele último minuto havia ocorrido um tiro de espingarda, uma rajada de metralhadora, três tiros de carabina e a explosão da granada, provocando o forte cheiro de pólvora que dominava a sala da casa.

Cabo Uriel havia permanecido no Opala operando o rádio, Gomes Cordeiro apareceu na janela do carro e ordenou que enviassem uma ambulância e um rabecão ao local. Uriel falou com a central pedindo os veículos com as respectivas guarnições. A voz fanhosa do rádio respondeu que em meia hora chegariam lá. Rosário e Gilberto atendiam ao Jorge que levara uma carga de doze no peito. O sangue borbulhava por várias perfurações na altura do mamilo e logo abaixo das costelas flutuantes. A situação era grave demais. O sargento gritou para o chefe que não dava para esperar meia hora.

O capitão pensou rápido e determinou aos sargentos Souza e Ailton que transportassem Jorge no segundo Opala até o Hospital Rocha Farias, em Campo Grande. Os quatro juntaram o grandalhão ferido, agarrando-o pelas roupas e o colocaram no banco traseiro do carro. Souza assumiu o volante e Ailton pegou os documentos quentes na maleta 007 do capitão. Em seguida aceleraram o carro e sumiram na esquina, cantando pneus.

Rosário, o mais experiente de todos em operações de busca e apreensão, organizou a revista minuciosa do interior da casa. Uriel e Oswaldo permaneceram na frente da casa, enquanto os demais retiraram os sacos pretos do bolso e começaram a vasculhar a casa simples. Acenderam as luzes após conferirem que só havia um terrorista no aparelho, começaram a revista detalhada e logo encerraram. Nem uma só folha de papel fora encontrada. Tudo havia sumido, como se alguém soubesse da chegada das EBA e houvesse tirado o material comprometedor do local um pouco antes da ação ter início.

Gilberto comentou alto: - a mulher na Kombi pode ter feito a limpa por aqui.

Saldo da operação - Jorjão em estado crítico no hospital, nenhum material apreendido e um terrorista, ainda não identificado, fuzilado a tiros e dilacerado pela explosão da granada. Um cenário trágico, com ação e superação é o que espera Gilberto. Ele ainda não sabe disso.

II - Quem sabe o futuro?

Duas horas após o início da operação, já clareando o dia, o Capitão reúne as duas EBA e decide deixar nas mãos da perícia da Polícia Civil os trabalhos no aparelho estourado. Dá ordens para embarcarem e deixam o local sem dizerem uma só palavra. Todos pensam na mesma coisa: como está passando o Cabo Jorge? Seguem de volta pela Avenida Brasil até a Vila Militar, seguem direto para a Companhia de Polícia do Exército, estacionam os carros, entregam o armamento no material bélico e se dirigem à sala de reuniões. Lá encontram o comandante do DOI/1ª DE, o major José Antônio Nogueira Belham, à espera das equipes. São seis horas da manhã e ninguém se atreve a perguntar sobre o Jorjão.

Rompendo o silêncio o capitão Gomes Cordeiro avisa ao grupo sobre a situação crítica do Cabo Jorge e que se for possível será transferido ainda hoje para o Hospital Central do Exército, em Triagem, outro subúrbio carioca. É hora da autocrítica. Por antiguidade cada membro da equipe se levanta e comenta: o que viu e o que fez, fechando por apontar onde e quando errou. O major Belham escuta cada um dos depoimentos e encerra a reunião com uma pergunta: - Podia ser diferente? Como?

Isso martela em cada cabeça dos presentes e nenhuma resposta é dada. Todos deixam a sala e são dispensados para irem para suas casas.

A curiosidade e a perspicácia do Cabo Gilberto não deixa que ele pare de pensar em outro caminho para ações como a realizada na madrugada anterior. Segue de trem até a casa de seus pais, no K11, em Nova Iguaçu, a maior cidade da Baixada Fluminense, com cara de bairro suburbano do Rio, a viagem demora cerca de quarenta minutos e esse tempo é aproveitado para remoer pensamentos e acalmar a adrenalina que ainda corre solta no corpo.

Chegando à estação de Nova Iguaçu, desembarcou com tranquilidade e quase sozinho, afinal está no contra fluxo de pessoas que nesse horário lotam as estações e os trens em direção à Central do Brasil. Desceu a rampa de acesso e deu de cara com Charuto - o negão, grande amigo de infância, que decidiu entrar no negócio do contrabando e vendia sombrinhas e outras quinquilharias que comprava de um atacadista chamado Raul Capitão e fazia ponto por ali. Além de bom de venda, Charuto era um cara observador e de imediato notou a tristeza estampada na cara do amigo Gilberto.

O que houve Gil? Perguntou o ambulante.

Gilberto balançou nas bases e, entre a cruz e a espada, preferiu a amizade ao sigilo, desabafou com o amigo a amargura causada pelo desfecho da operação e o grave ferimento de Jorjão. Nada contou sobre o objetivo da missão, mas abriu o coração sobre a aflição de perder um amigão. Charuto, não deixou barato e foi taxativo com Gilberto - Cara, você devia estar acostumado, quantos moleques de nossa infância já morreram? Uma bordoada, né! É a vida rapaz. Deixa de ser viadinho, levanta a cabeça e agradeça por estar vivo. Despediram-se e Gilberto seguiu a pé até o K11, para tomar o café da mamãe e dormir.

Passando diante do Colégio Iguaçuano se lembrou de quantas vezes foi para aquela área, com a galerinha do bairro, a fim de azarar as meninas que ali estudavam. Ele mesmo estudava no Colégio Leopoldo Machado, defronte ao lugar onde se criou, só que do lado de lá da linha do trem. A maioria dos amigos estudavam na Escola Estadual Monteiro Lobato, pertinho do Leopoldo. Iam e voltavam juntos e às vezes esticavam a volta pelo Iguaçuano, só para ver as meninas de lá.

Charuto tinha razão, a escolha de caminhos diferentes fez daquela turma de amigos uma colcha de retalhos, alguns foram para o crime ainda meninos, atuando inicialmente como avião de traficante de maconha, a droga da época, fazendo ponto perto das escolas e clubes da cidade. Não sobrou um só daqueles, pois quem não foi morto está na cadeia. Outros, pobres demais, terminaram o ginasial (hoje o final do Ensino Fundamental) e foram para o mercado de trabalho, a maioria deles empregada no forte comércio da cidade e só se encontravam nas festas de aniversário ou enterro dos colegas bandidos. Gilberto e uns poucos prosseguiram os estudos e cursaram o Científico, hoje chamado de Ensino Médio.

Nessa época, final da Década de 1960, seu pai era mestre de obras da rede de Hotéis Othon e construía grandes hotéis em Copacabana, recebendo um bom salário e com isso continuar os estudos foi uma conquista da família pobre que até pouco tempo vivia da soma dos salários mínimos de uma tecelã com o de um pedreiro.

A rotina era manhã na escola e tarde no trabalho, no pré-censo de 1970, conferindo in loco as informações cartográficas dos mapas e cartas do IBGE. Ao terminar o pré-censo, uma grande empresa de Niterói contratou o jovem Gilberto para trabalhar no recadastramento predial de Nova Iguaçu, por meio de aerofotogrametria. Ler cartas, fotografias aéreas, desenhar em nanquim, microfilmar e arquivar plantas foram aprendizados importantes para o futuro militar do rapaz. Quando sobrava tempo às peladas de futebol, de voleibol e a ida à praia eram as diversões possíveis da turma do K-11.

Um ano depois o dever chama Gilberto para incorporar ao Exército.

O que aconteceria na caserna nem mesmo o melhor profeta seria capaz de prever.

III - A morte de Rosário

Por volta das onze horas, a dupla de agentes Guarani e Gilberto entrou no DOI/I Exército pelo portão lateral, retornando de uma noite de vigilância. Outra missão cumprida com sucesso. Estacionaram o Fusca e passaram primeiro pelo refeitório, tomaram um cafezinho e dirigiram-se para a saleta administrativa dos agentes. Gilberto achou que algo estranho estava acontecendo naquela quinta-feira, havia um zum-zum-zum entre alguns agentes, formando grupinho, conversando baixinho, sentados em torno da mesa de refeições, bem longe dos demais. Normal àquela situação não era.

Gilberto preparou o relatório da missão de vigilância, apelidada pelos policiais de campana, usando uma das máquinas de escrever Olivetti línea 98. Ao terminar, tirou o papel da máquina e levou até o encarregado da missão, o agente Guarani, que correu os olhos pelo documento, assinou e devolveu a Gilberto, com a recomendação de entrega-lo imediatamente na chefia da seção de operações. Guarani se levantou e foi se juntar ao grupinho reunido no refeitório.

Após entregar o relatório nas mãos do Dr. Marcos ambos saíram da sala da chefia e caminharam juntos pelo corredor até que o oficial se dirigiu ao refeitório, enquanto Gilberto foi direto para a garagem, pegar o binóculo que havia ficado no banco traseiro do carro. Dr. Marcos se juntou ao grupo reunido na mesa de refeições e a conversa continuou baixinha, para poucos.

Gilberto não era do efetivo do DOI e estava compondo temporariamente uma EBA - equipe de busca e apreensão cedida pelo Batalhão Depósito de Munições, localizado em

Paracambi, na Baixada Fluminense e tão logo terminada a missão a ordem era regressar ao quartel por meios próprios, em seu caso, ônibus e trem, o que fez tão logo entregou o binóculo no almoxarifado e as chaves do fusca no setor de manutenção. A viagem demorou cerca de três horas, pois foi a Paracambi, se apresentou no quartel e voltou até sua casa em Nova Iguaçu. Lá, tomou banho, jantou e foi direto para cama dormir, afinal uma campana que varou a noite acordado exigia um bom sono, mesmo para um jovem de dezenove anos.

Pela manhã acordou, foi até a cozinha para tomar café com a mãe, como sempre fazia em dias de semana. Ficou surpreso ao encontrar o pai lendo o Jornal do Brasil (JB) e questionou o velho: - Não se trabalha mais nessa casa? O pai sorriu e lembrou ao filho que era primeiro de maio, uma sexta feira ensolarada e feriado nacional. Gilberto colocou uma fatia de pão na torradeira e virando para o pai continuou a perguntar: - Quais são as novidades?

O pai ficou sério e em lugar de responder entregou a primeira página do Jornal do Brasil para o filho. Na capa uma foto do velho amigo morto - o Sargento Rosário - sentado no banco do carona do puma particular do Capitão Wilson, no estacionamento do Riocentro. Uma bomba havia explodido em seu colo. Já o Dr. Marcos estava ferido e internado no hospital Miguel Couto em estado grave. Como?

Ontem mesmo entregara um relatório nas mãos do Dr. Marcos, e em seguida caminharam juntos pelo corredor principal até que o chefe de operações foi se juntar ao grupinho na mesa de refeições, onde já estava reunido o sargento Rosário (agente Wagner), apelidado de Robô, o sargento Magno (agente Guarani), o capitão Freddie (Dr. Roberto), entre outros.

Terminou de tomar o café, trocou de roupa e avisou aos pais que iria a um enterro. Os pais só balançaram as cabeças em sinal de aprovação e Gilberto de casa foi direto para a estação de trens de Nova Iguaçu. Uma hora de viagem ouvindo a cantilena chata dos vendedores de tudo no trem, só se tornava interessante quando passava o jornaleiro anunciando: - bomba no Riocentro leiam no O Globo, na minha mão só vinte cruzeiros. Desembarcou na estação de São Cristóvão e a pé foi direto para o DOI.

O quartel fervilhava de gente e de fofoca, todos tinham uma versão para o acontecido. Gilberto foi até a sala da chefia de operações e lá o Dr. Flávio informou que o enterro do agente Wagner (Rosário) seria no Cemitério de Irajá. Arrumou uma carona e em bando foram para o cemitério. O que dizer de um enterro como esse? Desse episódio terrível uma lição foi tirada pela maioria dos integrantes do sistema de informações: radicalismo mata!

A abertura política do General Geisel era irreversível e mais, a realidade política brasileira dizia que ele estava com a razão. Para os grupinhos radicais a tese do quanto pior melhor só servia aos interesses deles mesmos e de mais ninguém. Gilberto, operador de um intrincado sistema de produção de informação começou questionar mentalmente se repressão combinava com informação, e mais, se somente a informação era o melhor produto a ser entregue aos chefes militares.

IV – De capitão a bicheiro

Após o choque inicial causado pela introdução da política de inteligência nos órgãos de repressão do Exército as reações começaram a pipocar. A ponto de haver uma cisão no interior do serviço de informação, de um lado os que se adaptaram a nova mentalidade de busca do conhecimento preditivo e de outro os que acreditavam que a informação era uma descrição histórica do fato consumado. Na prática a divisão ficou mais clara com a turma dos "almofadinhas" que prendiam ser dar um tiro e de outro lado, a turma policialesca que usava e abusava da tortura como fonte primária de dados.

Muitos daqueles que prendiam, penduravam terrorista em pau de arara, evoluíram para métodos modernos de coleta de dados. Claro que os policiais foram os mais resistentes, eles só sabiam apurar um crime se o pau comesse solto da cadeia. Foi um tal de pedir retorno ao órgão de origem. A maioria, no entanto, migrou para a inteligência e aposentaram a cadeira do dragão. Literalmente, jogaram a toalha molhada no lixo.

Os Departamentos de Ordem Política e Social (DOPS), das polícias estaduais, receberam muitos dos que deixaram o serviço do Exército. Enquanto isso jovens militares de carreira eram recrutados nas forças armadas, treinados nos cursos de Análise e Operações de Informação da recém-criada Escola Nacional de Informações (ESNI), em Brasília, órgão do Serviço Nacional de Informações (SNI) e depois transferidos para os DOI e similares da Marinha (CENIMAR) e da Aeronáutica (CISA).

Os poucos que permaneceram nos DOI, resistentes às mudanças de filosofia, de estratégias e de métodos de ação formaram grupos secretos que agiam fora da estrutura hierárquica e essa estória vai ter espaço mais adiante. Foi nesse "expurgo" da turma da pancada que outras situações clandestinas afloraram. Uma delas foi à do capitão que roubava contrabando.

Como tudo no serviço de informação sempre foi e ainda é compartimentado, o que fulano fazia cicrano nem desconfiava, por isso pouco se sabia das missões de equipes em campo. Só a necessidade de conhecer dava, e dá o direito de um saber o que o outro está fazendo. Se não existe essa necessidade, mesmo entre amigos, nada deve ser conversado sobre missões e operações realizadas ou planejadas. Esse compartilhamento é um dos princípios mais sagrados da Inteligência. Mesmo que um agente caia em mãos inimigas, nada poderá revelar pelo simples fato de nada saber.

Mas, e como sempre existe um "mas", alguns brasileiros desonestos aproveitaram as brechas existentes no sistema para tirar proveito próprio. E, nesse caso em particular, da compartimentação, um grupo de agentes viu uma oportunidade de ouro - roubar contrabandistas já identificados. Em algum momento houve uma operação que levantou ações de contrabandistas no litoral fluminense. Identificados os operadores e os chefões a coisa não foi adiante. Em lugar dos informes irem para as mãos de delegados especializados e promotores de justiça, o dossiê ficou esquecido em alguma gaveta do pessoal de análise interna do DOI da 1ª Divisão de Exército (1ª DE), na Vila Militar do Rio.

Esfriada a operação a pasta saiu da gaveta nas mãos do capitão Ailton Guimarães, o Dr. Roberto, da 1ª Companhia de Polícia de Exército, que organizou um novo tipo de ação clandestina: o arrepio. Na prática a coisa é simples: uma vez levantado um desembarque de contrabando, montava-se uma operação de repressão, do tipo controle de ponto, que atuava na Rodovia Rio-Santos apreendendo a carga e dando sumiço nos motoristas. Lucrativo demais. Sem contar o fato que o contrabandista roubado não iria a uma delegacia de polícia dar queixa do roubo. Pois é, com o silêncio das vitimas o negócio prosperou.

A receptação dos produtos de arrepios se dava por "lojões" atacadistas da Baixada Fluminense, normalmente em mãos de banqueiros do jogo do bicho. O que estreitou os laços entre o pessoal da jogatina e aquelas equipes de busca e apreensão que atuavam naquelas ações criminosas. Essa ligação era boa para os dois lados, afinal os bicheiros arrumaram costas quentes para sua contravenção e o pessoal do arrepio ganhou uma fonte de informação sem nenhum limite moral. Houve caso que um pedido do Dr. Roberto para o bicheiro Castor de Andrade foi cumprido a jato: sequestraram a mãe e duas irmãs do procurado e avisaram nas ruas que o cara devia aparecer até o anoitecer, ou já era a família. Claro que o cara apareceu e se entregou.

Dr. Roberto era um oficial de Intendência que servia na Polícia do Exército e fora recrutado para o serviço de informação em 1969. Ficou conhecido por matar na porrada o terrorista Chael Charles Schreier, companheiro de Dilma Rousseff na VAR-Palmares - Vanguarda Armada Revolucionária, um grupo terrorista brasileiro. Por muito pouco todos os membros da Var-Palmares não dançou. Com isso Guimarães ganhou fama de cana dura. Batia fácil e puxava o gatilho por quase nada. Por mais de dez anos atuou esporadicamente no serviço de informação fazendo o jogo duplo com os arrepios. Em fins dos Anos 70 caiu em desgraça ao ser flagrado chefiando uma quadrilha de agentes contrabandistas e foi convidado a se demitir ou sabe-se lá o quê.

Demitiu-se e partiu para um novo esquema, se tornando um banqueiro do jogo de bicho e organizador do carnaval carioca. Primeiro se tornou presidente da Unidos de Vila Isabel, depois com Castor de Andrade, da Mocidade de Padre Miguel, fundaram a liga das escolas de samba do Rio e daí em diante os bicheiros nadaram de braçadas.

As forças legais erraram muito em não eliminar, para sempre, de seus quadros os bandidos travestidos de militar.

Capítulo 2 - A gênese de Gilberto

I - Incorporando

O calor insuportável em nada ajudava o enorme grupo de rapazes a passarem pelas estações montadas como se fosse uma linha de produção fabril, para as várias atividades que precedem a incorporação ao Exército. Enquanto em uma banca havia o preenchimento de formulário sobre saude familiar, em outra o assunto era opção religiosa e escolha do tipo de funeral, mais adiante a medição dos números e tamanhos das roupas, cabeça e calçados. Naquela fila interminável Gilberto estava revivendo as madrugadas insones nas longas e marrentas filas do SAPS, para comprar o que aparecesse nas prateleiras, eram os efeitos das várias crises de desabastecimento ocorridas entre 1962 e 1963. - Maldito Jango - pensou ele.

A última estação daquela *via cruzis* envolvia classificar os recrutas pelos resultados dos testes físicos, médicos e psicológicos anteriormente aplicados ainda na fase de seleção, além de distribuir a turma pelas companhias do batalhão. Chegando a vez de Gilberto o sargento determinou: abre a camisa! E no peito dele escreveu 741, CMDO. Ali estava o número do soldado e a companhia onde deveria ser incorporado - Companhia de Comando e Serviços. Sem saber o que fazia aquela subunidade, Gilberto se deslocou até o segundo grande prédio do quartel e lá estava escrito o nome da companhia em letras garrafais.

Foi recebido por Marques, um soldado antigo, que lhe deu uma chave e um cadeado, apontou um ambiente bem amplo com armários arrumados em quatro fileiras, formando assim dois longos corredores, buscou seu número e lá no fundo encontrou o armário 741, colocou o cadeado no lugar, trancou o armário, pôs a chave no bolso e foi explorar o lugar. Tudo era novidade para o jovem de 18 anos, afinal como voluntário antecipou a entrada na caserna em um ano. Atravessou uma porta de folha dupla e ficou impressionado com o alojamento. Camas beliche numeradas, colchão e travesseiro de espuma (novidades na época), roupa de cama branca, limpa e bem esticada, Na hora pensou, quantas empregadas devem ter aqui para manter isso tão limpo e arrumado?

Quanta inocência.

O grito do Cabo Andrade o tirou e mais alguns recrutas do torpor inicial, trazendo-os de volta a uma nova realidade: o grito. Era hora de entrar em forma, seria educação física? Negativo, entrar em forma era fazer filas e colunas organizadas por altura, do maior para o menor, da esquerda para a direita, com um braço de distância entre o da frente e o do lado. Caramba, isso era novo. Tinha também a tal de ordem unida, onde o cabo gritava e a tropa obedecia realizando o movimento comandado, como direita volver, cobrir, firme, sentido, descansar, etc. e tal.

Passado um tempo naquele sol de janeiro, em plena Baixada Fluminense, com a temperatura beirando os 40º centígrados, a ordem de fora de forma levou todo mundo para os bebedouros. Empurra aqui e ali, bebe um gole d água e a turma toda se senta para descansar. Aí novo grito ressoou forte nos ouvidos suados, a ordem era para fazer uma fila indiana na porta da Subtenência, algo como um almoxarifado de uma empresa. Como tudo tem uma forma de organização, a nova fila era em ordem numérica crescente. Gilberto foi para a segunda metade da fila e esperou sua vez para ser atendido. Mais um grito o tirou da divagação sobre por que ficar sob o sol quente, afinal a espera não poderia ser feita na sombra das árvores? - Avança 741!

Na porta estava o Subtenente Jonas, um capixaba de Iconha, beirando os cinquenta anos, prancheta nas mãos e controlando a saída do enxoval de cada soldado recruta. Toalhas, coturnos, uniformes, barbeador manual, pente, linha e agulha de costura, cantil, cinto NA, capacetes de aço e fibra, um saco de campanha para enfiar tudo e uma assinatura de recibo ao final. Jonas avisou - Você tem quinze minutos para arrumar a tralha no armário. Dali todos seguiram para o vestiário e lá começou o sufoco individual: faltava mamãe para arrumar as coisas no armário. Em meio ao trabalho de enfiar tudo no pouco espaço, o grito estridente do Sargento Bezerra, uma paraibano atarracado e mal humorado, avisava aos novatos, o comandante fará revista de armário em vinte minutos. E com a voz de gralha avisava: - Nas laterais dos corredores tem uma foto de como cada armário deve estar arrumado. Corre-corre para ver como era a receita de arrumação. Até lugar para o espelho de mão estava previsto. Copo com escova de dente, cerda para cima. Detalhes e mais detalhes.

O tempo passou rapidamente e de novo a gritaria começou: - Alojamento Atenção! Parem tudo e entrem em forma lá fora. Vai começar a revista de armário. Gilberto estava longe de colocar as coisas em ordem, tentou continuar, mas os gritos foram muito convincentes, largou tudo e foi entrar em forma no pátio da companhia. Um a um, os números eram chamados e o recruta entrava no vestiário e ouvia os elogios sobre a arrumação do armário. Como tudo o mais, os gritos eram ouvidos pelo quartel inteiro, e as frases começaram a envolver alguns palavrões do tipo - seu merda. Nasceu ali outra novidade: - paga uma completa de dez. A cada erro ou omissão, algum superior dava aquela ordem e ela significava fazer dez flexões de braço, dez cangurus e dez polichinelos. Um castigo físico que também ajudava a preparação física.

Até chegar ao último dos recrutas incorporados na companhia o tempo se foi e a corneta anunciou o fim do expediente normal. Quando o toque acabou um tenente avisou: esse toque é de fim de expediente. - Gravaram? Decoraram? Ninguém havia prestado atenção e lógico o próximo toque pareceu ser uma repetição do anterior, mas era preparar para avançar ao rancho. Se não fosse a gritaria avisando que era hora do banho antes do jantar os recrutas iriam se arrumar para irem para suas casas. Banho rápido e gelado e em cinco minutos todos em forma de novo para serem conduzidos ao rancho. Cinco e meia da tarde e já é hora de jantar? Sim.

Caneca amarela e talheres articulados nas mãos marca outra correria para nova formatura e ainda se vestindo a tropa foi deslocada para o prédio do rancho. Tudo é novidade por ali: Linha de servir, com bandeja de aço no início, passando por panelões expondo cada alimento preparado e um soldado servindo sem atender qualquer pedido especial. Feijão, arroz, carne ensopada com batata, uma caneca de mate, pão e mariola (bananada). Fim da linha de servir. Hora de escolher uma das mesas de vinte lugares e comer. Meu Deus! Que comida ruim, o feijão duro e aguado tinha um gosto horrível, o arroz era chamado de unidos venceremos, pois parecia uma bola, como se fosse um novelo de lã, a carne nadava na gordura e o mate não tinha açúcar. O pão era de ontem e a mariola uma delícia.

Ainda assim, a conversa começou na mesa e os recrutas se socializaram até com colegas das duas outras companhias do batalhão. Contando as novidades e enfiando o garfo na boca, pois, acredite se quiser, havia tempo marcado para encerrar a refeição. Mesmo assim, foi descontraído e agradável o jantar do primeiro dia. Cada um levou sua bandeja até o tonel e descartou a sobra, colocou a bandeja no carrinho e após limpar com o guardanapo seu talher pessoal, levou-o para lavar no banheiro da companhia, aproveitando para também escovar os dentes. As camas arrumadas era uma tentação para aquela turma de soldados, mas lembraram da ordem do Sargento Bezerra: só depois do pernoite será autorizado se deitar. Que seria esse negócio de pernoite?

Mal a comida se aquietou no estômago a corneta tocou de novo. Era início do expediente noturno. O quê? Era hora de ficar pelado e aprender a usar a farda, calçados e apetrechos como cinto NA, fivela, cantil-caneco, entre outras coisas. A calça frouxa, a jaqueta curta e os gritos dos sargentos - troquem entre vocês, se virem. Outra novidade nascia ali, ordem dada tem que ser executada, e se vira para executar, problema teu, procure a solução, reúna os meios e mãos a obra. Perto das oito da noite foram conduzidos para o saguão da companhia onde havia um painel imenso pintado na parede com todas as divisas e estrelas, era hora de aprender o que significava cada divisa, cada estrela, cada losango, cada símbolo pregado na farda. Era ramo de café, lagartixa, estrela gemada, coisas diferentes demais. E a corneta tocou novamente, era o tal pernoite das vinte e uma horas. Todos colocados em forma, chamada nominal de cada um e liberação para usar as camas. Isso mesmo, depois do pernoite havia um tempo para esticar as pernas. Uma hora mais tarde o último toque do dia, o toque do silêncio, indicava que havia chegada a hora de dormir.

Ninguém avisou que às seis horas da manhã a corneta tocaria a alvorada e a gritaria iria recomeçar cedo. Ao som do toque um simulacro de granada explodiu no alojamento. Todos foram rápidos em levantar, fazer a higiene pessoal e arrumar as camas.

Acordar no Exército é assim, uma explosão de alegria.

II - Virando soldado

Quarenta e cinco dias de expediente começando às seis da manhã e encerrando às nove da noite. Nem mesmo domingo ou feriado mudou a rotina. Nenhum momento de folga nesse período. Instrução, vacinação, preleção, ordem unida, educação física, prática de tiro, de combate, de ação e reação, de transposição de obstáculos, de ataque e de defesa. Maldita corneta! Para tudo tinha um toque, decorar cada um deles era desafiador para quem nunca aprendeu a cantar toda a letra do Hino Nacional. Mas, a pagação ajuda o aprendizado e a cada erro uma completa de dez fazia a mente se abrir para as coisas novas.

As duas outras companhias do batalhão eram maiores em efetivo, a de Infantaria cantava sem parar, tudo era feito ao som de cânticos, nem sempre corretos politicamente. Nas horas de instrução comuns a todos, como educação física, marchas e ordem unida o canto era geral e as letras bem fáceis de assimilar. A primeira que aprenderam foi a célebre marchinha da corrida marcada com palmas, cujo refrão foi gravado a fogo, pelo suor e sol na moleira: "o terreiro lá de casa não se varre com vassoura, varre com ponta de sabre e bala de metralhadora".

Uma coisa não se pode negar, sete horas da manhã, o batalhão inteiro fazendo ginástica, com o coronel comandante como guia, além de bom de fazer era bonito de se ver. O exemplo vinha do paraquedista negro, condecorado na Segunda Guerra, ainda muito musculoso aos cinquenta e tantos anos e guia dos exercícios físicos puxados demais até para os jovens de dezenove anos. Adalberto Vilas Boas era o melhor exemplo de soldado que alguém poderia ter ao chegar à caserna. Integrante da FEB (Força Expedicionária Brasileira). Observador aéreo abatido em combate nos céus da Itália, o artilheiro de ébano, foi prisioneiro dos nazistas e sobreviveu, fugindo do campo de prisioneiros e retornando ao combate na região montanhosa italiana.

A corrida começava tão logo terminava o aquecimento da ginástica calistenia, coronel Vilas Boas à frente, o batalhão ocupava uma das pistas da rodovia RJ-127 e seguia em direção a Paracambi, seis quilômetros adiante. No mínimo a corrida teria doze quilômetros, indo e vindo do quartel ao centro da cidade que na época parava para ver seus soldados cantando e correndo.

Nem sempre havia outra atividade física para os recrutas além da corrida. Quando havia previsão de jogos eles eram praticados com muita competição entre as companhias. Cabo de guerra, bola militar, futebol gigante, eram os mais comuns. Nascia o espírito de corpo entre os soldados, também a cooperação e a confiança no outro. A educação física unia, preparava o corpo e divertia os recrutas. Ao final das atividades o banho era obrigatório e a troca de uniforme, deixando o calção azul, a camiseta branca sem manga, o par de meias brancas e o kichute preto (tênis da época) no armário até a primeira folga para serem lavados, e trocando pelo coturno preto, as calças verde-oliva com bombacha presa na canela, camiseta branca meia manga e o quepe verde-oliva na cabeça. Hora das instruções, demonstrações e palestras.

Havia um celotex (quadro de avisos) enorme no saguão do prédio da CCSV - a Companhia de Comando e Serviços, ali era afixada as ordens e avisos. Uma dessas ordens era um tal de QTS, tudo no Exército é conhecido pela sigla ou abreviatura, um inferno para ser decorado. O QTS era o planejamento da instrução para aquela semana, todas as atividades estavam ali organizadas por dia e horário, indicando local, uniforme, equipamento e o responsável. Ler as ordens e avisos no celotex era obrigatório e nada justificava um atraso ou falta para qualquer atividade prevista, fosse ela uma palestra do médico sobre doenças sexualmente transmissíveis ou exercício de tiro real no estande. Cada um se tornaria responsável na marra, pois as punições começam cedo, seja castigo físico, detenção ou prisão. Fazer o certo é obrigação. Explicar não justifica o erro.

A diversidade de temas e assuntos das aulas, instruções e práticas mantiveram acesa a curiosidade de todos os jovens soldados. Minas e armadilhas, tiro com revólver, pistola, fuzil, metralhadora, lança-rojão, lança-granadas, silenciamento de sentinelas, apronto operacional, hinos e canções, leis e regulamentos, ordem unida, educação física, civismo, patriotismo, pistas de combate, lutas, símbolos nacionais, fuga e evasão e ações antiguerrilha. A lista não para aí.

Aos poucos o corpo se acostuma ao esforço, à mente se adapta à pressão e o espírito assume a condição de guerreiro. Nasce uma espécie de super-homem que atua coletivamente. O soldado começa a entender que faz parte de uma máquina de guerra. É uma sensação de poder incrível, afinal até a morte está ao alcance do seu dedo no gatilho.

O período do internato chegou ao fim, depois de um mês e meio de muito suor, gritaria, dor no corpo e muitas coisas novas.

Os testes psicológicos realizados na seleção apontam a qualificação militar de cada recruta e Gilberto foi designado para a qualificação de Material Bélico, com a função de se transformar em um manipulador de explosivos. Agora, as manhãs serão de instrução na companhia, envolvendo todos seus integrantes, do capitão comandante até o mais raso dos soldados. E, o período da tarde, reservado para a formação na qualificação militar. Uma coisa Gilberto estranhou: essas instruções eram dadas em campo aberto, longe de tudo. Por quê?

A gritaria deu lugar a seriedade dos instrutores, e o chefe da equipe, um major engenheiro-químico que não sorria para ninguém, muito menos fazia piada durante a aula. Substâncias químicas, produtos e técnicas foram apresentados e manuseados por todos. Trinitrotolueno, o famoso TNT, pólvora negra, branca, com fumaça, sem fumaça, pulverulenta ou granulada, fulminato de mercúrio, nitroglicerina, nitrogenados em geral, os plásticos, tetril e o RDX.

A cada aula teórica havia uma prática completa com o explosivo estudado. Segurança era a palavra mágica, tudo deveria se submeter à segurança do pessoal. Os dias foram se passando e Gilberto ganhando expertise em preparar, manusear e empregar explosivos. Embora o foco das instruções fossem direcionados para o transporte, distribuição e armazenagem de explosivos e munições, sempre sobrava tempo para a criatividade e criação de uma armadilha explosiva, uma bomba do tipo caseiro e o desarme delas.

Já em meados de maio todos foram convocados a participar de um processo seletivo para o curso de cabos. Gilberto foi selecionado e matriculado no curso para a mesma qualificação militar. Além das instruções previstas o curso de formação de cabos exigia bem mais de seus alunos. Foi hora de aprender a comandar pequenas frações de tropa e aprofundar os conhecimentos sobre explosivos e munições. O ciclo foi fechado em agosto com o juramento da bandeira, marco do encerramento da formação de soldados e cabos.

No mês seguinte terminou o curso de cabo. Gilberto recebeu as divisas e percebeu que as responsabilidades aumentaram.

Agora tudo era para valer.

III - Molotov brasileiro

Encerrada a formação inicial a vida do pessoal de Material Bélico se torna uma rotina infernal. Alvorada às seis da manhã e até o toque de ordem às dezessete horas, o dia é preenchido com atividades previstas no QTS, algumas ordens do comando da companhia e o trabalho nas seções. Gilberto, cabo manipulador de explosivos, designado para a Turma de Desmancho, cumpre a rotina diária que inclui: educação física e ordem unida abrindo o dia, seguidos de uma ou outra instrução prática, raramente aparecem aulas teóricas. As tardes são de trabalho na área de desmancho de munições e explosivos. O cabo Gilberto começava a se destacar por duas virtudes inatas: a pontaria no tiro com fuzil e a inteligência acima da média.

A equipe de desmancho era composta unicamente por gente de Material Bélico, chefiada por um tenente da AMAN - Academia Militar das Agulhas Negras, vários sargentos especialistas, oriundos da Escola de Material Bélico (EsMB), alguns cabos e poucos soldados recrutas. Toda munição com prazo de validade vencida era ali desmanchada e reciclada. Granadas e projetis de vários calibres, as perigosas granadas de bocal, os rojões 2.36, entre outras, eram completamente desmanchadas, destruído seu explosivo, queimada a pólvora e suas carcaças levadas de volta às fábricas para reaproveitamento.

Havia também a destruição de explosivos e pólvoras com validade vencida. Essa sim, uma tarefa de arrepiar os cabelos. Uma coisa é o explosivo corretamente acondicionado e quimicamente estável. Outra completamente diferente é manipular explosivos quimicamente instáveis, isso sim, é coisa de louco. Às vezes a simples exposição do produto ao sol era suficiente para detonar uma explosão. Outras, nem mesmo uma explosão menor era capaz de detonar explosivos velhos. Também, há o maldito retardo, efeito assustador que obriga a equipe esperar horas antes de voltar ao nicho de desmancho com explosivo não detonado, pois falhar implica em risco dobrado.

O sargento Rosário, um dos especialistas em explosivos da equipe sempre escalava Gilberto para sua equipe de trabalho, o homem era perito em minas, armadilhas e desarme de artefatos explosivos militares (bombas, granadas, obuses e morteiros). Fazendo trabalhos juntos, Rosário e Gilberto foram aprendendo a confiar um no outro. Pois, nesse trabalho ou você confia no outro ou morre em equipe. Nesse time participava ainda um cabo antigo, cara fechada, o Ladislau que foi transferido do Campo de Provas da Marambaia após um acidente com mortes, o graduado sabia tudo sobre explodir coisas, qualquer coisa. O trio seguia a vida explodindo e desmanchando munições e explosivos.

Um dia o QTS anunciou uma palestra com a equipe do Dr. Cláudio Antônio Guerra, delegado da Polícia Civil do Espírito Santo, nela incluindo um investigador perito em desarmar bombas não militares. No dia e hora marcados Ladislau, Gilberto e Rosário sentaram na primeira fila e como se diz na caserna: na fila do gargarejo, assistindo a aula com interesse total, sem piscar. Era o que se chama atualmente de "upgrade", uma mudança radical na rotina dos três. Desmanchar explosivos militares é coisas de criança perto da desativação de um artefato explosivo civil. Tratava-se de novos explosivos, novas formas de detonação, novos mecanismos de acionamento, enfim, novos usos dos artefatos mortais, como para o terrorismo. Ao final da palestra os três militares colaram no perito, apelidado de Molotov e, sem trocadilho, o bombardearam com mil e uma perguntas. O experiente policial foi gentil e didaticamente ia respondendo e ensinando ao mesmo tempo. Lógico, que o melhor exemplo para isso estava na covarde explosão de uma bomba ocorrida em 25 de julho de 1966, no saguão do Aeroporto de Guararapes, embora no mesmo dia duas outras bombas houvessem sido detonadas no Recife, em Pernambuco: uma na UNE e outra na sede da USIS, somente a detonada no aeroporto provocou morte de inocentes brasileiros.

Molotov tirou de sua maleta um conjunto de colagens daquele atentado terrorista, apontando recortes de jornais retratando a tragédia e falando do artefato. O resumo da história é que o guarda-civil Sebastião Tomaz de Aquino percebeu uma pequena mala abandonada junto à porta da livraria Sodiler. Inocentemente pegou-a para entregá-la na seção de achados e perdidos do aeroporto. Ao movimentar a maleta o artefato explodiu. Pânico total, com gemidos de dor, gritos de crianças e muita fumaça atrapalhando a visão de todos. Saldo inicial: 16 pessoas feridas. Atentado terrorista idealizado pelo então padre católico Alípio de Freitas, paradoxalmente um comunista convicto.

Em outro dos recortes a notícia das mortes do jornalista Edson Régis de Carvalho e do militar aposentado Nelson Gomes Fernandes eram destaques. Falava também que o guarda-civil teve a perna direita amputada e o coronel do Exército, Sílvio Ferreira da Silva, sofreu fratura exposta do ombro esquerdo e amputação traumática de quatro dedos da mão esquerda. Com menor gravidade ficaram feridos também os advogados Haroldo Collares da Cunha Barreto e Antônio Pedro Morais da Cunha, os servidores públicos Fernando Ferreira Raposo e Ivancir de Castro, os estudantes José Oliveira Silvestre, Amaro Duarte Dias e Laerte Lafaiete, a professora Anita Ferreira de Carvalho, a comerciária Idalina Maia, o guarda-civil José Severino Pessoa Barreto, o deputado federal Luís de Magalhães Melo e a senhora Eunice Gomes de Barros e seu filho, Roberto Gomes de Barros, de apenas seis anos de idade.

Noutro recorte o depoimento de quem estava lá, uma testemunha ocular da barbárie, o senhor Hélio Rosa, dizia: "Estava tão perto da bomba que meus cabelos ficaram tostados pelo calor da explosão. Fui salvo, pois no exato momento da detonação havia uma coluna que, apesar de muito fina, proporcionou-me uma sombra de proteção. Impossível descrever a som da explosão, a fumaça, os gritos de susto e de dor, o cheiro de carne queimada, o chão banhado de sangue, as entranhas expostas. Quem viu, não esquece nunca o que é um ato terrorista, visando ferir e matar indiscriminadamente." Assim o terrorismo de esquerda matava e mutilava em nome de uma revolução comunista. A chance da democracia morria ali.

Outros recortes apresentavam mais atos terroristas, todos ocorridos em 1966. O primeiro atentado terrorista da capital pernambucana, ocorrido em 31 de Março, destruiu parte das instalações dos Correios e Telégrafos, na Praça 13 de Maio, onde milhares de pessoas se reuniam. Logo em seguida, uma segunda explosão ocorreu na casa do general comandante Quarto Exército. No dia seguinte, foi encontrada ainda uma terceira bomba, que falhou e estava escondida em um vaso de flores da Câmara Municipal de Recife. Claro que havia mais, e outra explosão de bomba foi noticiada no dia 20 de maio, dessa vez na entrada da Assembleia Legislativa do Estado de Pernambuco. Era o terrorismo de esquerda tentando implantar um regime comunista no Brasil, pelo medo e causando muita dor.

Voltando ao aeroporto, uma bomba em uma maleta é capaz de todo esse estrago?! Isso atiçou ainda mais a curiosidade do trio de especialistas em explosivos militares sobre artefatos explosivos civis e terrorismo. Mina antitanque é fichinha diante de uma bomba terrorista como a de Recife.

IV - A estreia no serviço secreto

Entre uma explosão e outra, Gilberto foi levando a vida na caserna, na turma de desmancho de explosivos, no Batalhão Depósito de Munições, em Paracambi. A rotina foi interrompida com um aviso lacônico dado pelo cabo Uriel durante o almoço no rancho – Você foi convocado para a reunião hoje, às 15 horas, na segunda seção (S2).

Como se nada tivesse ocorrido terminaram o almoço e dirigiram-se para seus respectivos alojamentos para descansar até a formatura de início do expediente da tarde. Escovando os dentes Gilberto matutou sobre o motivo de sua presença naquela reunião. S2 é coisa secreta, cheia de gente barbuda e cabeluda, que mais vivem fora que dentro do quartel. - Será que fiz merda? Perguntava a si mesmo.

Ainda pensando em um motivo para ser convocado se deitou para uma pestana antes do toque da corneta. Quase uma hora depois o sinal de início do segundo expediente tirou todos do alojamento e, rapidamente entraram em forma no saguão da companhia. Lida as ordens pelo sargenteante foi dado o fora de forma e Gilberto ficou perambulando pela Companhia de Comando e Serviços (Cia Cmdo Sv) aguardando o horário da reunião.

Faltavam cinco minutos para as três da tarde e Gilberto entrou no Pavilhão de Comando do Batalhão e se postou junto à porta da Segunda Seção, a de Informações. Esperou até a chegada dos demais e enquanto aguardava rememorou que todo quartel tinha quatro seções a primeira que cuidava do pessoal, a segunda das informações de combate, a terceira que planejava e coordenava as operações e a quarta que administrava todo o resto. Simples e muito eficaz.

Em meio à divagação nem notou que o Sargento Jorge Vilas abria a porta da seção e olhando o nome impresso no peito da camiseta branca falou com o vozeirão de locutor de rádio: - entre Gilberto.

Logo em seguida chegaram os demais participantes daquela reunião: o major Irênio, os capitães Gomes Cordeiro e Moreira Pinto, o tenente Gouvêa, os sargentos Almeida, Ailton e Souza, os cabos Uriel e Altamiro. Além dos dois já presentes.

Ocuparam a mesa de reuniões e abriram uma carta geográfica da região do Pico do Lírio, em Engenheiro Paulo de Frontin, onde estava assinalado um círculo em torno da torre repetidora da Embratel.

Como se Gilberto fosse um velho participante de outras operações de informações, o capitão Moreira Pinto começou a explanar o problema. Um informe havia chegado afirmando que a torre repetidora da Embratel seria explodida na semana do soldado. A missão era impedir a ação. Simples assim.

Era uma quarta-feira, 18 de agosto, ou seja, a coisa aconteceria na semana seguinte. Seria uma corrida contra o tempo. Identificar os terroristas, manter os mesmos sob vigilância e impedir sua ação, concluiu o capitão, um mulato, atarracado e de fala mansa.

Tão logo o capitão concluiu a explanação o major Irênio começou o planejamento: Tarefas, datas, meios e equipes. Quem conhece bem a cidade de Paulo de Frontin? Uriel e Altamiro levantaram os braços e fechou ali a primeira equipe – vigilância ostensiva no centro da pequena cidade serrana, contato com informantes locais em busca de estranhos. Souza e Gouvêa revezariam na vigilância ostensiva, cobrindo turnos.

Para a defesa da construção Almeida e Gilberto formariam a turma de contenção. Missão: construir um abrigo camuflado nas proximidades da torre e manter um campo de tiro capaz de intervir pelo fogo em qualquer tentativa de explodir o local.

A coordenação ficaria a cargo do capitão Gomes Cordeiro. Dúvidas? Silêncio. Fim da reunião, determinou o major. Todos se levantaram e Gilberto seguiu a manada. Então era assim?

Gilberto foi direto para o alojamento onde vestiu a farda de instrução, pegou o saco de campanha e colocou as coisas essenciais para passar alguns dias no mato. Passou pela cama, puxou a manta verde de lã e a enfiou no saco.

Foi até a sala do Material Bélico, a armaria da companhia, e avisou ao Cabo Andrade que precisava de um FAL – fuzil automático leve – com luneta de pontaria. Andrade olhou para o colega recruta e perguntou: Vai à guerra? Nisso chegou o Sargento Almeida que pediu a mesma coisa. Nem foi preciso responder.

FAL, dois carregadores, quarenta cartuchos 7,62mm, luneta e bolsa de nylon para transporte. Assinaram a cautela do armamento e munição e partiram para a garagem do Batalhão. Lá uma surpresa, em lugar do jipe militar verde-oliva o que aguardava era um fusca marrom. Embarcaram o material e esperaram a ordem de partida.

Quando receberam a ordem para deslocamento o sargento avisou a Gilberto – Vamos passar na tua casa. Sem entender o porquê, Gilberto ligou o carro e seguiram pela rodovia RJ-127 até o centro de Paracambi, onde Gilberto tinha um quarto alugado, o famoso matadouro.

Ao chegar à vila de quartos Almeida ordenou que trocassem de roupa, colocando roupas civis, surradas e simples. Assim, ambos saíram dali em direção a Paulo de Frontin como se fossem dois civis passeando em um fusca. Subiram os 600 metros de serra, deixando a rodovia e entrando por uma rua de terra que levou a dupla para a região onde está a torre em meio a várias propriedades rurais.

Lá chegando reconheceram a área da torre e suas imediações e escolheram um grupo de arbustos para montar o ponto de vigilância. Deixaram as ferramentas e os sacos de campanha escondido no mato e embarcando no fusca começaram a reconhecer as propriedades rurais em volta.

Sem dizer o real motivo de ali estar, afirmaram serem funcionários da Embratel cujo trabalho era reparar alguns danos na antena de micro-ondas. Na chácara de seu Antônio Mendes foram bem recebidos e aproveitaram a acolhida para arrumar uma moringa de água e conseguiram o empréstimo de um paiol de milho onde deixaram o fusca guardado. A pé voltaram para o local escolhido para cumprir a missão.

Cavaram uma trincheira, acomodaram o material e deixaram livre uma linha de tiro capaz de abater qualquer ameaça que entrasse na área que eles determinaram como capaz de por em risco a instalação. Os ponchos serviram de coberta, com camuflagem natural dos arbustos por cima. Dai em diante a paciência se tornou a principal virtude dos dois atiradores.

Por volta das oito horas da noite, Gilberto se deslocou até a propriedade de seu Antônio, onde aqueceu as rações operacionais, renovou o estoque de água e avisou que iriam dormir na torre.

Enquanto isso as duas equipes de campo procuravam no centro de Paulo de Frontin qualquer informação sobre gente estranha se hospedando em pousadas e hotéis, comprando suprimentos de construção civil, ou mesmo, abastecendo veículos.

Assim se passaram três dias, até que no sábado, alguém abasteceu uma Kombi no posto localizado às margens da rodovia RJ-127 e o frentista achou estranho os barris e as ferramentas no lugar dos bancos traseiros do carro. Quando a equipe de campo passou por ali, o bombeiro relatou o fato e passou para os dois agentes a placa da Kombi que havia anotado.

Bem perto dali ficava o posto do DETRAN e para lá eles partiram. Como o chefe da agência era um ex-soldado que havia servido no Batalhão e conhecia Altamiro, compreendeu a explicação meia-boca e levantou por telefone os dados do proprietário do carro. Era um veículo roubado há cinco dias.

Começava a ganhar corpo à estória da ação do terror. Barril podia levar fertilizante à base de nitrato de amônio e ai a explosão era garantida. Aliada ao fato do carro ter sido roubado reforçava o informe inicial. Pelo rádio a equipe atualizou a coordenação no Batalhão e não conseguiu contato com a dupla de atiradores no Pico do Lírio.

Gomes Cordeiro ordenou a equipe de campo que retornasse à base e iniciou, com os dois outros oficiais de informações, nova reunião operacional. Agora a missão era de busca e apreensão e aí equipes, as EBA, já organizadas seriam empregadas. Rapidamente foram escaladas as três equipes disponíveis, resultando na mobilização de nove integrantes, três em cada equipe.

Convocados os integrantes à Segunda Seção, uma terceira reunião teve início com explanação a cargo do capitão cavalariano Gomes Cordeiro. Com os dados disponíveis ficou determinado que a equipe A, com o capitão Gomes a bordo iria para o centro de Paulo de Frontin. A equipe B iria vasculhar a rodovia RJ-127 desde o lugar chamado de Açude da Serra até a cidade de Mendes.

Enquanto a terceira equipe ficaria na reserva, aguardando no sítio do coronel da reserva Humberto Melchior Carneiro de Mendonça, ex-comandante do BDMun, em Morro Azul, distrito de Paulo de Frontin e com localização bem próxima do Pico do Lírio, a fim de atuar diante de qualquer avistamento da Kombi furtada.

Por volta das cinco da tarde de sábado a equipe com o coordenador foi avistada pela dupla de atiradores camuflados no Pico do Lírio. Almeida sacou a pistola Colt 45 e mandou o parceiro preparar o FAL. Gilberto colocou na mira da luneta o indivíduo que estava no banco do carona e de imediato alertou: - É o capitão Gomes Cordeiro. O sargento gigante relaxou, guardou a pistola, saiu do esconderijo e acenou para o pessoal do fusca que se aproximava.

Uma breve reunião ocorreu ali, Gilberto e Almeida foram atualizados sobre a situação e receberam novas rações operacionais. A pedido da dupla, a EBA ali permaneceu enquanto os dois foram ao sítio de seu Antônio, onde conseguiram tomar banho e foram presenteados com uma refeição quentinha, que consistiu de frango caipira ensopado com aipim, arroz, farofa de linguiça e feijão.

Já de volta, o pessoal de tiro trocou o rádio de mão por uma estação ERC-110, rádio bem mais potente, se despediu e já no lusco fusco da noite deixaram a dupla novamente entocada no mato.

Os dois se entreolharam e Almeida comentou que a coisa começou a ficar mais real, afinal a qualquer momento à ação poderia se desenrolar.

O silêncio sempre antecede a guerra. Ambos se calaram na escuridão do Pico do Lírio. O céu estrelado e o silêncio do lugar convidavam a dupla a refletir sobre o momento. Noite fria, lua alta e muitos vagalumes preencheram a noite dos emboscados.

V - Almeida abre o coração

Naqueles quatro dias de missão a dupla Almeida e Gilberto se relacionou com mais intensidade. Almeida era um homem de trinta e cinco anos, segundo sargento de Infantaria, paraquedista, boxeador, atirador de elite e muito vivido em operações reais de combate, enquanto Gilberto era cabo recruta de Material Bélico, com dezoito anos, tendo ali o batismo de fogo diante da realidade.

Gilberto provocava o sargento a contar suas estórias e, sem mais nada para fazer, ouvia atentamente o desenrolar de cada uma delas. A primeira delas foi à participação do paraquedista do Exército na Força Interamericana de Paz – FIP, compondo o Destacamento Brasileiro (FAIBRAS), em 1965, São Domingos, capital da República Dominicana.

O gigante mulato enrolado na manta de lã, com voz calma e pausada, em plena escuridão começou a contar coisas daquela missão que cumpriu quando era terceiro sargento do Regimento Escola de Infantaria – o REI. Resumidamente ele contou que a OEA – Organizações dos Estados Americanos criou uma força de paz interamericana que teria como missão: colaborar na restauração da normalidade, garantir a segurança dos habitantes daquele país, garantir a inviolabilidade dos direitos humanos, trabalhar no estabelecimento de um clima de paz e conciliação que permitisse o funcionamento das instituições democráticas.

Quando desembarcou do C130 Hércules em território dominicano, o REI se juntou ao Batalhão Fraternidade, sob o comando do coronel Meira Mattos, acampou em um grande terreno na Avenida Máximo Gómes e no mesmo dia começou a cumprir missões de policiamento, montagem de barricadas e reconhecimento, na capital daquele país centro-americano.

Nos seis meses que lá ficou cumpriu a risca a ordem da OEA de só usar a arma para se defender. Balanço brasileiro da missão de paz foram oito feridos por balas ou explosões de granadas e quatro mortos por disparos de armas de fogo. A cicatriz que subia do queixo até a orelha direita foi à lembrança de navalhada que levou de um preso dominicano que erradamente julgou ser inofensivo.

Em 1966, já em território brasileiro, fez uma cirurgia plástica, mas a cicatriz teimou em permanecer em seu rosto. Entretanto, nas palavras dele, naquele momento de reminiscências a dois, a alma fica dilacerada com os horrores da guerra. O gigante afirmava que a cena de um ataque do inimigo obrigou a patrulha a se espalhar pelas casas vizinhas. Ele se enfiou numa cozinha escura e viu uma menina de cerca de cinco anos levantar os braços como se estivesse se rendendo a ele. Uma bala vinda das armas inimigas jogou a criança aos seus pés, com a cabeça destroçada.

Isso não se pode esquecer e provocam pesadelos, suores noturnos e revolta em qualquer coração.

Como terapia contra o horror que a guerra causa na alma começou a praticar boxe, a escolha do esporte veio sob a influência do sucesso de Servílio de Oliveira, nosso peso mosca e um dos poucos boxeadores brasileiros a conquistar uma medalha olímpica, nos Jogos da Cidade do México em 1968. Almeida nunca se profissionalizou, lutando em jogos militares, na categoria peso pesados.

Os dias e noites longos abriram o baú de memórias de Almeida. Outra história narrada foi o batismo de fogo nas operações de informação. Lembrou que em 1968 a esquerda armada ampliou seus crimes com justiçamentos, assaltos a bancos e supermercados, ataques a quartéis para a obtenção de armas e munições, sequestros a diplomatas de governos amigos, assassinatos de empresários, além das velhas explosões de bombas.

Almeida comentou que havia um grupo de militares atuando na segunda seção do regimento onde servia, levantando dados sobre uma organização de guerrilha urbana, ligada ao MNR - Movimento Nacional Revolucionário que atuava na Serra do Caparaó, em Minas Gerais, sob a liderança de Leonel Brizola. A polícia mineira havia fornecido uma batelada de dados sobre simpatizantes e militantes no Rio de Janeiro e cabia ao regimento confirmar pessoas, endereços e atuação citados naquele dossiê.

Um dia, ele estava de folga no quartel e foi convocado pelo oficial de informação para completar uma EBA desfalcada. Para ele o ditado militar funcionou: - Milico a toa no quartel quer cadeia ou trabalho.

Foram para Bangu tentando prender um fugitivo de Caparaó que fora localizado no Rio. O endereço conhecido era um terreiro de Candomblé, com ampla área verde, e várias construções para o ritual religioso individual. Almeida foi escalado para invadir o local, saltou um muro lateral. Entrou e se dirigiu a uma porta na esperança de abrir caminho para os colegas de equipe. Surpresa, a porta aberta dava para um dos quartinhos de santo e lá estava o procurado.

O fugitivo tomou a decisão errada e partiu para dentro do sargento boxeador. Almeida usou todos os tipos de socos possíveis e quando o sujeito desabou não se via mais nariz e olhos. Respirou fundo, baixou a adrenalina e saiu em busca da tal porta de acesso para os colegas. Encontrou logo após um grande oitizeiro colado ao muro, retirou a tranca de ferro e chamou a equipe.

O chefe da equipe ao ver o estrago no fugitivo perguntou:
- Quantos bateram no cara? Almeidão respondeu sem graça – Só eu. Fez-se um silêncio mortal entre os agentes e assim foi o batismo na primeira ação de busca e apreensão do paraquedista boxeador.

VI - A primeira vez de Gilberto

Na madrugada do dia 22 para 23 de agosto o rádio soou o alarme de chamada e Almeida atendeu com sua voz grossa e pausada. A EBA da rodovia avistou a Kombi procurada. Sem nenhum ocupante o veículo estava estacionado em uma chácara de nome Cantinho do Vovô, nas proximidades do antigo bordel, o Bambu, na estrada da colônia de férias da Casa da Moeda. Gomes Cordeiro com seu sotaque gaúcho inconfundível ordenou uma reunião das três equipes no cruzamento da rodovia Paracambi-Vassouras com a estrada de acesso a Morro Azul, cerca de um quilômetro após o Bambu, indo em direção a Mendes.

O rádio se manteve em silêncio por uma hora. Já clareando o dia de segunda-feira, nova mensagem alertou a equipe de atiradores que as EBA iriam se posicionar em missão de vigilância fixa nas vizinhanças da chácara a partir de agora. A espera pela ação faz a adrenalina subir na corrente sanguínea, mas o efeito é estranho, pois conforme o tempo vai passando a ansiedade assume o lugar da prontidão e ansiedade demais é um risco terrível para quem tem um fuzil nas mãos, pois elas se tornam trêmulas e prejudicam o tiro. Um dia inteiro se passou sem nenhuma novidade. No início da madrugada de terça-feira o rádio quebrou o silêncio e ouviu-se o alerta vindo pela voz de Altamiro: - Atenção, alvo em movimento.

Sem pestanejar a dupla de atiradores retirou a arma do saco de nylon, colocou a luneta e nela ajustou a distância usando um macete que Almeida ensinou na noite anterior: Gilberto foi até o sopé da torre e acendeu um fósforo. Nessa fração de tempo, o sargento ajustou o foco da luneta. Ao retornar a trincheira, Gilberto ajustou sua própria luneta com a mesma graduação da outra arma. Olho na luneta e visada em pequenos detalhes aparentes na fraca claridade da lua, os dois acostumaram à visão e não mais conversaram.

Pontualmente, às quatro horas da madrugada, o caminhão do leite entrou no campo de tiro, ambos seguiram a trajetória do veiculo, onde o alegre motorista cantava uma música muito conhecida. Bem alto o trabalhador rompia o silêncio da madrugada – "Galopeira... nunca mais te esquecerei ... galopeira ... pra matar minha saudade ... pra minha felicidade ... paraguaia, eu voltarei ... pra minha felicidade ... paraguaia, eu voltarei". Cantarolava alegremente sem ao menos desconfiar que naquele momento estivesse sob a mira de dois fuzis, camuflados entre os arbustos na beira da mata.

Novamente o silêncio se fez no entorno da torre. Começava a clarear e de volta a cantoria da galopeira preencheu o ambiente. Enquanto o caminhão de leite voltava de sua coleta pelas propriedades rurais a voz do chefe se fez ouvir no rádio. A vigilância móvel havia começado e a primeira equipe recebia ordens para largar o osso, a fim de que a Bravo assumisse. O alvo seguia em direção a Mendes. A equipe Charlie estava posicionada logo depois da entrada do caminho da torre e aguardava a ordem para entrar na perseguição.

Os batimentos cardíacos de Gilberto novamente foram a 150 e o controle de respiração foi fundamental para levar a concentração total e à normalidade do corpo. O cabo atirador apontava seu fuzil para um raio de sol que se projetava a cerca de dois metros do pé da torre. Afinou o ajuste da luneta e tirou do pensamento a pergunta se devia apertar o gatilho na cabeça do alvo. Já havia traçado a ação, pois se o alvo estivesse no interior da Kombi o tiro seria dado na cabeça, caso o alvo desembarcasse a mira seria no peito, uma área bem maior e também letal.

A EBA Bravo seguia a Kombi com dois ocupantes na rodovia RJ-127 e ao chegar à curva do Pacheco o alvo deixou a rodovia e começou a subir pela estrada de terra que dá acesso à repetidora Embratel do Pico do Lírio. Bravo abandona a vigilância e Charlie assume a missão. Dali até o pico não chega a um quilômetro de subida em estrada de chão. O lusco fusco da madrugada não permite enxergar com clareza, mas a pouca luz é boa para a missão e ruim para o alvo.

Ao entrar no campo de tiro ambos os atiradores engajaram seus alvos, Gilberto com o motorista e Almeida com o carona. A Kombi parou bem perto da torre e as portas se abriram. A dupla de atiradores com a adrenalina se espalhando pelo corpo, respirando lentamente, sem tirar o olho da luneta engajaram seus alvos.

A dupla de terroristas abriu as portas laterais do veículo e um deles embarcou na parte traseira, em seguida descarregaram o primeiro barril. Voltaram ao veículo e desceu então o segundo barril. Nesse momento a voz de Gomes Cordeiro ecoou no rádio: - Fogo!

O motorista estava de frente para a moita onde os atiradores estavam camuflados, levou a descarga no peito, sendo arremessado para trás como se fosse um boneco. O carona foi atingido na cabeça, que explodiu com o impacto do projetil 7,62mm, desabando sem dar um passo.

Armas engatilhadas, o momento seguinte parecia não terminar. De um barranco aos fundos da torre surge à figura de Gomes Cordeiro, vai caminhando direto para os alvos abatidos. Confere ambos e confirma a morte dos dois, sinaliza para a dupla de atiradores que saem do esconderijo e se juntam ao capitão próximo da Kombi. A ordem é curta e grossa: Gilberto leva a Kombi para o quartel, destrua o explosivo e dê um sumiço no carro. Almeida, pega as digitais dos mortos e enterre os dois aqui mesmo. Os demais integrantes das três equipes se juntam a eles e a limpeza do local teve início naquele instante. Minutos depois Gilberto desce vagarosamente a serra conduzindo a Kombi em direção a Paracambi. Um pouco antes do bairro Nova Era, os três fuscas ultrapassam a perua e seguem direto para o Batalhão logo após a cidade.

Gilberto descarrega os barris com ajuda do pessoal da área de desmancho e minutos depois o nitrato de amônia explode fazendo um barulhão danado. Agora é dar sumiço na Kombi. Por dentro da extensa área de paióis do quartel ele conduz o veículo até chegar num posto de vigilância situado nas proximidades do Ribeirão das Lajes. Adiante surge um velho areal com acesso ao rio, parece ser o lugar ideal para sumir com o carro. Abre a porta, acelera bem e pula com a Kombi em movimento que salta do barranco diretamente para as águas do rio, sendo completamente tragada em menos de um minuto.

Missão cumprida. Retorna os três quilômetros a pé até chegar à segunda seção do Batalhão. Bate, a porta se

abre e Uriel aperta sua mão dizendo – Tá batizado! Entra e na sala de reuniões o pessoal já está reunido para a autocrítica da operação e confecção do relatório coletivo.
Gilberto pensativo busca o olhar de Almeida e ao encontrar tenta ver preocupação, mas parece que aquilo tudo já é algo normal para o paraquedista boxeador. Permanece calado até que chega sua hora de falar, explica sua atuação e recebe a aprovação de todos.
Agora Gilberto é um membro do sistema de operações de informações do Exército. Batizado pelo fogo.

Capítulo 3 - As EBA em ação

I - Da Cascata à Serra

Os dias de normalidade no trabalho de manipulação de explosivos chegam ao fim. Depois da primeira missão, denominada Pico do Lírio, Gilberto foi testado em combate e incorporado ao serviço de informação. Tornou-se um misto de soldado e agente secreto, recebendo pequenas tarefas de cobertura de ponto e de contato, vigilância de pessoas e fotografia de situações. Nada de armas, nada de explosivo, nada de farda. Logo após a primeira missão de operações de informação Rosário, seu amigo de explosões, foi transferido para o I Exército, sendo lotado no DOI. Um mês depois, Ladislau foi passado à disposição daquele órgão. No Batalhão a velha equipe de desmancho e destruição de explosivos fora literalmente explodida.

O capitão Gomes Cordeiro, comandante da Companhia de Comando e Serviços, morava na vila defronte ao Batalhão. Sempre andava acompanhado do motorista e também seu segurança, o soldado Marconi, além do ordenança, soldado Lima, o cabeção. O homem tinha um passado em Minas Gerais que o deixava constantemente de prontidão operacional. Nunca se despia da pistola Walter PPK, até mesmo nas seções de educação física o homem estava armado. Na hora do futebol, o Lima ou o Marconi ficavam de guarda ao lado do campo, portando a arma do chefe.

Os fofoqueiros diziam que o capitão fora transferido para o Batalhão como punição por ter despachado para o inferno gente demais em Belo Horizonte. Outros falavam que ele estava esfriando em Paracambi, pois os comunistas haviam colocado a cabeça do homem a premio.

Um dia Gilberto estava se preparando para ir para casa quando Lima o encontrou no alojamento e avisou que o chefe o queria no PC (posto de comando) da Companhia agora mesmo. Para lá se dirigiu e surpreso recebeu a missão de acompanha-lo até a Fábrica Brasil Industrial, em Paracambi. De jipe, fardados, foram até a unidade fabril e lá recebidos pelo gerente-geral, Antônio Botelho, conversaram sobre defesa patrimonial e segurança dos açudes da empresa e da estação de tratamento de água.

Gilberto ouviu a conversa em silêncio e só se manifestou quando lhe perguntaram se conhecia bem os dois açudes da fábrica e a estação de tratamento. Respondeu que sim e ficou acertado que faria fotografias desses pontos críticos visando precaver uma possível ação de sabotagem. Havia algo no ar, só não estava claro o quê.

Retornando para o quartel Gomes Cordeiro deixou escapar que havia novos informes que poderia haver outra ação terrorista na região de responsabilidade do Batalhão. Foram direto para a casa do capitão, onde a esposa o recebeu com uma panela nas mãos e a briga começou no portão. Gilberto manobrou o jipe e se deslocou para a garagem do batalhão, onde entregou a viatura e foi embora para casa rindo por dentro, ao lembrar da panela nas mãos da mulher.

No dia seguinte, pilotando um fusca descaracterizado da segunda seção do batalhão, partiu para cumprir a missão fotográfica. Seguiu direto pela rodovia RJ-127 até a entrada da Estrada da Serra, onde se situa o açude de mesmo nome. Estacionou o carro na frente da casa do operador das comportas do açude e o avisou que iria fotografar tudo. Meia hora depois retornou ao carro, trocou o filme da câmera e por gentileza fotografou o funcionário no portão de sua casa.

Desceu a serra, deixou a rodovia estadual e passando por toda a extensão da Rua Américo Rodrigues Ferreira iniciou a subida para o bairro da Cascata. Estacionou o carro nas margens do outro açude da fábrica, desceu e fotografou mais um filme por ali. Logo após a sala de operação do açude ficava a cerca que impedia a entrada para a estação de tratamento de água. Passou por baixo do último fio de arame farpado e se dirigiu até a casa do seu Borçato, administrador do lugar.

Nova sessão de fotos e as dúvidas sobre o sistema de tratamento de água foram sendo esclarecidas pelo gentil e simpático trabalhador. Findo o trabalho, Gilberto foi presenteado com um farto almoço e estórias ocorridas no açude. Hora de retornar ao quartel e no caminho para o fusca, foi brindado com uma dica muito importante: na trilha do Lazareto que liga os dois açudes o seu Borçato viu um acampamento abandonado há pouco tempo.

No centro de Paracambi deixou os três filmes com a dona Rita, irmã do Mário fotógrafo, para serem revelados e pediu discrição sobre o conteúdo das fotos. Perguntou o valor do serviço e seguiu para o batalhão. Guardou o fusca na garagem e foi relatar a missão na segunda seção. Escreveu o relatório, acrescentando o fato narrado pelo guarda-florestal da fábrica de tecidos.

Um pouco antes do fim de expediente o major Irênio mandou Gilberto ir até a Companhia de Vigilância para conversar sobre o tal acampamento no Lazareto.

Descreveu a estória usando as mesmas palavras de seu Borçato e esperou o oficial falar com Gomes Cordeiro ao telefone. Ali mesmo recebeu a missão do dia seguinte: Junto com Altamiro e Uriel deveriam fazer o percurso entre os dois açudes pela floresta da Serra do Mar, usando a trilha do Lazareto. Reconhecer e fotografar.

Missão dada, Gilberto pediu licença para se retirar e foi direto ao S2 onde avisou ao Cabo Uriel sobre a missão do dia seguinte. Dali foi até a garagem do batalhão e avisou ao Cabo Altamiro. Passou pelo sargenteante e informou que cumpriria missão no dia seguinte.

Uriel morava na Seropédica, Altamiro em Paulo de Frontin e Gilberto na vila de quartos em Paracambi. Acertaram entre eles que Uriel pegaria o fusca na manhã seguinte e os três se reuniriam na loja de dona Rita, no centro da cidade. Assim aconteceu na manhã seguinte.

O trio se deslocou até a Cascata e lá Uriel e Gilberto iniciaram o vasculhamento da trilha do Lazareto, a partir da estação de tratamento de água da fábrica. Seu Borçato comentou com a dupla que o lugar chamado Lazareto era um hospital para infectados terminais pela varíola durante a epidemia de 1919. E também, um cemitério de mortos pela doença. Ele nunca deixou os filhos brincarem naquela região por conta do risco de contaminação.

Findo o cafezinho na casa de seu Burçato a dupla entrou na mata e seguiu a trilha. Alguns quilômetros depois passaram pelas ruínas do Lazareto. O lugar oprime até o coração mais duro, a tristeza e o silêncio dali é uma coisa concreta, bate na cara de qualquer um. Parece que nem sabiá laranjeira canta no local. As paredes em ruínas, a falta de cruzes para marcar as covas, fazem a pessoa imaginar besteiras, sentir um peso na alma e querer sair dali o mais rápido possível.

Foi o que a dupla de militar fez acelerando o passo e começando a subida mais íngreme em direção ao açude da Serra. Cerca de meio quilômetro adiante do Lazareto pararam ao encontrar marcas de acampamento recente. Latas vazias de leite condensado, de feijoada e de salsichas espalhadas, capoeira aberta a facão na mata, como se houvesse sido limpa para montar uma barraca. O estrago na abertura da clareira descartava de pronto a coisa ter sido feita por caçadores ilegais.

Fotografaram os indícios da estadia de alguém na mata e prosseguiram a caminhada. Chegando ao açude da Serra, encontraram Altamiro proseando com seu Júlio, operador das comportas do açude e guarda florestal da fábrica de tecidos. Comentaram das fotos que tiraram no caminho e o astuto guarda lembrou que na semana passada três jovens desembarcaram do ônibus da viação Pedro Antônio, carregados de mochilas nas costas e entraram na mata bem em frente da casa dele.

Como macaco velho na guarda da floresta seguiu o trio e assistiu os três na tentativa de montar acampamento, cortando mato demais e comendo enlatados. No dia seguinte o grupo voltou à estrada e subiram pelo caminho de Palmeira da Serra. Ele foi atrás, caminhando dentro da mata, assistiu o trio sacar espingardas cortadas (escopetas) das mochilas e dar muitos tiros em árvores, como se estivessem treinando. Como atiravam a esmo, preferiu voltar para casa.

Altamiro deixou anotado o telefone do S2 em um papel entregue nas mãos do velho guarda e pediu que avisasse caso a rapaziada aparecesse de novo. Ele aceitou a tarefa e disse que faria isso por meio do sistema de telefonia da fábrica, pois na casa dele havia um ramal da central da Fábrica Brasil Industrial.

Gilberto, Uriel e Altamiro despediram-se de seu Júlio, embarcaram no fusca e retornaram ao centro de Paracambi, onde Gilberto foi até o estúdio fotográfico deixar o novo filme para ser revelado, pegou e pagou as fotografias que estavam prontas, voltou ao carro e foram direto para o Batalhão Depósito de Munições.

Na Segunda Seção entregaram ao sargento Jorge Vilas o conjunto de fotografias dos alvos potenciais de ações terroristas na região. Avisando que no dia seguinte havia outro filme revelando para ser buscado no estúdio. Dispensados, foram embora para suas casas.

Era uma EBA - equipe de busca e apreensão em ação. Outra missão terminada. Nem sempre armas são necessárias, sagacidade e inteligência sempre.

II - Conhecendo Sérgio Paranhos Fleury

Três dias se passaram na rotina da caserna, com direito a participação nas olimpíadas internas do Batalhão. Ao ver o comandante lançando peso todos os recrutas ficaram rubros de vergonha, um cinquentão fazia lançamento maior que dezessete metros, enquanto eles, aos dezenove, não passavam dos dez metros.

Gilberto, bom de bola, foi convocado para o time da companhia e se saíram bem. O time do batalhão era treinado pelo major Carlos que não deixou de observar os atletas que despontaram na modalidade, como Gilberto e Bento da CCSV, Jorge da Cia Depósito de Munições (Cia Mun) e Josias da Cia Vig. Findo os pequenos jogos internos o time do batalhão, chamado de seleção, foi treinar e lá estavam os quatro recrutas escalados no time B.

Durante as conversas de beira de campo Jorge, um neguinho magro, queixudo, liso feito um bagre ensaboado, que driblava como o diabo, com um fôlego sem fim e que jogava pela ponta direita, comentou que morou a infância toda em um sítio pertinho da estação da Serra. Gilberto gravou isso e já pensou no atleta como guia na mata do caminho para Palmeira da Serra.

Uriel, auxiliar do S2, novamente foi o mensageiro da próxima reunião. Ao reiniciar o expediente, após o almoço, todos os membros das EBA deveriam estar na Segunda Seção. E assim foi. Todos reunidos na sala do S2 e para surpresa geral entra um civil engravatado, desconhecido, que é apresentado por Gomes Cordeiro como delegado Fleury, do DOPS paulista.

Silêncio total, até que o próprio delegado se ajeitando ao lado de Gilberto, pergunta se Paracambi é o caldeirão do inferno, pois o calor estava insuportável. Aquilo trouxe um sorriso nos demais, pois ainda era primavera e calor mesmo só viria em dezembro. Alguém trouxe um ventilador de torre e o ligou perto do homem de terno.

Gomes Cordeiro conduziu a reunião e explanou o seguinte: dois integrantes do Agrupamento Comunista de São Paulo, a tal Ala Marighela, haviam saído de São Paulo viajando por trem e não chegaram ao Rio de Janeiro, onde eram aguardados por policiais do DOPS carioca. Soube-se que ambos desembarcaram na parada de Barra do Piraí e não retornaram à litorina Budd, provavelmente embarcaram no trem "Barrinha" que fazia parada em todas as estações entre Barra do Piraí e Japeri, dali seguindo diretamente para a Central do Brasil.

O delegado então falou sobre quem eram os dois procurados. Tratava-se de dois irmãos guerrilheiros da Aliança Libertadora Nacional, a ALN, que haviam planejado e executados, com outros, vários atentados em São Paulo. Eram perigosos e estava bem armados.

Gilberto levantou o braço e esperou autorização para falar. Nisso entra o chefe de operação, Major Irênio, que ouve as palavras de Fleury e nota o braço erguido do cabo. Assumindo o comando da reunião Irênio manda Gilberto dizer o que deseja e cumprimenta friamente o delegado paulista.

O cabo relata que participou de uma marcha pela mata da Fábrica de Paracambi e que lá notaram o acampamento recente de pelo menos três pessoas, comentou o descrito pelo guarda florestal a respeito do treinamento de tiro dos indivíduos com arma de grosso calibre e concluiu dizendo que o soldado Jorge da Cia Mun era nascido e criado em Palmeira da Serra, conhecendo muito bem a região e as pessoas moradoras naquela pequena localidade, às margens dos trilhos da estrada de ferro.

Gomes Cordeiro, sempre cofiando seus grossos bigodes louros cruzou um olhar com o delegado Fleury que de imediato reagiu pedindo: - Vocês podem conferir se eles desembarcaram e ainda estão na área? Major Irênio fuzilou um olhar frio no capitão que prontamente respondera: - Claro. Vamos vasculhar a área para vocês. Havia um mal estar no ar e a coisa era entre o delegado Fleury e o major Irênio. O quê ainda não era conhecido, mas que havia algo ninguém ali duvidava.

Novo silêncio se seguiu até que o experiente sargento Jorge Vilas o quebrou sugerindo que o delegado cumprimentasse o comandante do batalhão, antes de ir embora. Afinal ele estava ali por conta da estreita e antiga amizade com o capitão Gomes Cordeiro e ainda não fora anunciado ao comandante.

Fleury assentiu com um gesto de cabeça e levantando agradeceu a todos, apertou a mão de Gilberto e vaticinou: - Você vai longe no serviço de informação. Com um aceno cumprimentou os demais e junto com Gomes Cordeiro saiu em direção ao gabinete de comando do batalhão. Todos os demais sentados permaneceram atentos ao chefe que não fora sequer cumprimentado pelo delegado.

Major Irênio era um niteroiense que não sorria com facilidade, algo incomum naquela gente alegre da antiga capital fluminense, era guerreiro de Infantaria e não brincava em serviço. Pediu ao sargento Jorge Vilas que arrumasse uma carta da região da Serra e que mandasse buscar o soldado Jorge.

A carta foi colocada na grande mesa quase que imediatamente, já o soldado demorou cerca de meia hora para surgir na porta da sala, pois estava no meio de um romaneio de granadas de bocal em um dos paióis do quartel, bem longe do Pavilhão de Comando.

Nesse intervalo o major assume o controle do planejamento e começa por formar as equipes de busca de informação nas possíveis paradas do trem entre Barra do Piraí e Japeri. A primeira equipe escalada é formada por Souza e Ailton que vão cobrir as estações de Japeri, Mário Belo e Engenheiro Gurgel. A segunda, composta por Jorge Vilas, Gilberto e Jorge cobrirão Palmeira da Serra, Paulo de Frontin, Humberto Antunes e Mendes. A última formada por Osvaldo, Altamiro e Gomes Cordeiro, que coordenará a missão, seguem para as estações de Martins Costa, Morsing e termina em Santana da Barra.

A missão é buscar qualquer informação sobre o paradeiro dos irmãos terroristas de São Paulo. Nenhuma prisão ou contato pelo fogo deve ser realizado nessa busca. Algo estranho nesse tipo de operação que sempre aproveita ao máximo o princípio da oportunidade. Batizada como Barrinha a missão vai durar dois dias. Como sempre sem dúvidas, fim de reunião ao estilo Irênio.

Gilberto e Jorge saem dali e se sentam sob o bosque de eucaliptos junto ao palanque de formatura do batalhão. Jorge quer saber por que foi escolhido e o que deve levar na missão. Gilberto o acalma, explicando a importância do seu conhecimento da região e sugere uma roupa civil simples. Traçam ali um roteiro mental sobre lugares e pessoas que deveriam ser visitados na busca, além dos agentes ferroviários nas estações férreas.

III - Jorge, de Palmeiras da Serra

Logo após o café da manhã, as equipes se reuniram no S2, cada uma pegou uma carta topográfica da região que cobriria na missão. Major Irênio lembrou a todos: - A missão é descobrir se um desses passou por aqui, informar ao Delegado Fleury e ponto final. E, distribuiu a cada equipe um cartaz com fotos de terroristas procurados pelo DOPS paulista. Entre eles estava um dos assassinos da Mooca, crime covarde onde um dono de restaurante foi morto friamente.

Conforme o determinado no dia anterior as equipes de busca e apreensão se dirigiram aos alvos estabelecidos. A composta por Gomes Cordeiro, Osvaldo e Altamiro seguiu pela estrada RJ-127 em direção a Santana da Barra, onde iniciou a descida, passou por Morsing e Martins Costa. A segunda, chefiada pelo primeirão Jorge Vilas, com Gilberto e Jorge seguiu para Mendes e desceu visitando Humberto Antunes, Paulo de Frontin e terminou em Palmeira da Serra. Por fim, em sentido inverso, a equipe formada por Souza e Ailton saiu da estação de Japeri, seguindo por Mário Belo e encerrando em Engenheiro Gurgel.

Missão? Descobrir qualquer coisa sobre os terroristas paulistas que sumiram entre Barra do Piraí e Japeri.

Mendes e Paulo de Frontin são cidades serranas com cerca de 10.000 habitantes cada uma delas, destino turístico no Rio de Janeiro, é gente chegando e saindo todo dia. Mochileiros chegam de trem e de ônibus para acampar em seus pontos mais altos e frios. O jeito é partir para a fofoca e perguntar aos fofoqueiros de plantão se viram alguém com tais características. Na estação falam com o engraxate, o pessoal da cantina, conversam com o agente ferroviário e saem proseando com populares e matronas empoleiradas nas janelas sobre as calçadas estreitas. Nada.

Repetem a estratégia em Humberto Antunes, onde conhecem pouco às pessoas do lugar. Retornam até o açude da Serra e tomam a estrada de terra batida que sobe até Palmeira da Serra, terra natal do Jorge. Lá chegando se dirigem à estação em estilo sobrado, junto aos túneis aberto na rocha, conversam com o pessoal da soca (manutenção do leito ferroviário) verdadeiros nômades, com um maquinista que por ali mantinha uma gigantesca locomotiva em funcionamento e com o chefe da estação. Nada foi notado, mas o chefe avisa que estava voltando de férias e no período alguns funcionários de Paulo de Frontin cobriram sua função, em dias alternados.

Com um mês de férias do chefe da estação o desembarque seria difícil de ser confirmado, afinal os dois procurados deveriam ter passado por ali há quinze dias, em plena férias do funcionário.

Jorge nasceu e foi criado em uma das quatro casas que se espalhavam em torno da estação, subindo o morro do túnel nº 8. E para lá foram, pois a fome estava apertando seus estômagos. Jorge entrou pelo portão em meio a um belo jardim de rosas, tapetes e tinhorões coloridos, gritando o nome da mãe e avisando para colocar água no feijão. Quem primeiro recebeu o grupo foi o vira-lata da casa e logo depois na varanda da casa o pai do soldado sorrindo foi dizendo ao grupo: - Entrem que ainda tem raspa nas panelas. Nisso aparece à bela mãe de Jorge com um macacão jeans e um pano de prato pendurado no bolso dianteiro, abre um sorriso para o filho e o abraça na porta de casa.

Apresentações feitas, a equipe é acolhida e se dirige para os fundos onde uma longa varanda faz a vez de copa e cozinha. Instalam-se na grande mesa rústica e dona Maria das Dores oferece um lauto almoço, onde uma galinha caipira ensopada a cabidela foi o ponto alto. Todos comem com vontade e nada dizem sobre o trabalho. O assunto é futebol e a seleção do Batalhão que vai disputar o campeonato da 1ª Divisão de Exército (1ª DE) na Vila Militar. Dois atletas ali estão e o seu Altino, pai de Jorge é um fanático por futebol, segue tudo do esporte carioca ouvindo seu rádio rabo quente.

Uma hora depois a equipe está alimentada e Jorge matou a saudade da família é momento de continuar o trabalho. Ao se despedirem, Jorge pergunta aos pais se viram alguém estranho na vila. Eles acenam a cabeça negativamente, dizendo que nada viram de estranho nas duas últimas semanas. Mas, seu Altino lembra a Jorge que antes da entrada da fazenda do seu Leonel Miranda há uma casa bem na beira da estrada e que seu Anacleto, desde que amputou as pernas, fica no portão olhando o movimento da rua o dia inteiro. Quem sabe ele não viu alguém?

Embarcaram no fusca e desceram bem devagar pela estrada de terra e cascalho até o local indicado. Estacionado o carro numa capoeira perto da casa de seu Anacleto, os três caminharam até o portão onde o velho homem vivia como uma atalaia da região. Jorge o cumprimentou, tomando sua benção, os dois outros apertaram a calejada mão do lavrador e por ele foram convidados a entrarem para tomar um copo de água fresca da moringa e beber um café requentado no fogão à lenha.

Após ouvirem algumas estórias engraçadas de seu Anacleto, Jorge foi direto ao ponto, perguntando: - Padrinho viu alguém dando tiros na mata? O velho sorriu e lembrou ao afilhado que sem pernas ele não andava mais nas matas para caçar ou tirar um palmito, mas garante que ouviu o barulho de uns tiros diferentes daqueles dados pelas espingardas calibre 28 dos vizinhos e que viu uns moços caminhando na estrada em direção ao açude da Serra, mas eles não estavam com armas nas mãos.

Jorge Vilas pegou um cartaz no fusca e mostrou para seu Anacleto, perguntando: - Era algum desses? Os olhos embaçados do homem brilharam quando ele apontou um deles e disse: Era esse, com certeza.

Missão cumprida. Identificado um dos terroristas procurado pelo DOPS paulista. Era Alex de Paula Xavier Pereira, integrante da ALN.

Arranharam mais meia hora de prosa com seu Anacleto, agradeceram a água e a hospitalidade e se despediram a caminho do veículo.

Já no carro os três sorriram demonstrando contentamento com o andar da carruagem. Conseguiram a informação e confirmaram a identificação do alvo.

Desceram a serra, atravessando a cidade de Paracambi, onde pegaram as últimas fotografias já reveladas e retornaram ao quartel.

Jorge, o bom de bola, foi o herói do dia na autocrítica da missão no S2.

IV - Amizade antiga

Como Sérgio Fleury se tornou amigo de Gomes Cordeiro? Essa dúvida martelou na cabeça de Gilberto até que a oportunidade surgiu durante um deslocamento entre o quartel e a fábrica de tecidos, quando ele e o capitão estavam a sós. Logo no início do trajeto Gilberto foi direto com seu comandante de companhia: - Chefe, como você conheceu aquele delegado paulista?

Gomes Cordeiro cofiou o grande bigode louro e com um olhar azul de fogo retrucou com outra pergunta: - Por que você quer saber? Gilberto nem pestanejou e afirmou que a curiosidade era o motor da pergunta. O capitão sorriu sem abrir a boca e olhando para a estrada disse que iria contar a estória.

Em 1969 servia em Belo Horizonte e foi designado para atuar na repressão aos grupos terroristas mineiros, diante de uma das matanças levadas a cabo pelos comunistas contra agentes do estado.

Continuou Gomes Cordeiro: - Em janeiro daquele ano a polícia civil havia prendido um terrorista da Colina – o Kleber[1] que ao ser interrogado dedurou o aparelho do Comando de Libertação Nacional, no bairro São Geraldo, em Belo Horizonte.

Uma equipe de policiais foi formada de imediato e partiu para estourar o aparelho. Ao anunciar a presença foi metralhado por Cesar um dos terroristas que lá estavam. Saldo: dois policiais foram mortos, o subinspetor Cecildes e o guarda civil Zé Antunes, saindo ferido ainda, o Investigador Zé Reis.

---

[1] Pedro Paulo Bretas

Os policiais dominaram a situação, apreenderam um fuzil automático leve - FAL, cinco pistolas, três revólveres, duas metralhadoras, duas carabinas, duas granadas de mão, setecentos e duas bananas de dinamite, muitas fardas da Polícia Militar de Minas Gerais e dinheiro oriundo de vários assaltos que praticaram. E prenderam os terroristas: César, o assassino, Ciro, Carlos, André, Pedro, Clóvis e Célia[2] .

Gomes Cordeiro foi então designado para interrogar os presos do COLINA. No decorrer dos trabalhos de inquérito recebeu um telefonema de São Paulo, era o delegado Sérgio Paranhos Fleury, do DOPS, que estava investigando o fuzilamento da sentinela daquela delegacia paulista, o Soldado PM Eduardo de Souza, ocorrido em setembro de 1968.

O delegado pediu para participar da inquirição dos terroristas o que foi aceito pelo então primeiro tenente Gomes Cordeiro. No dia seguinte lá estava Fleury em Belo Horizonte e juntos obtiveram muitas informações dos subversivos presos. Dali em diante, os dois mantiveram uma relação de cooperação de informações. Sem um viver a vida social do outro.

O jipe entrou na guarita principal da fábrica de tecidos e ao desembarcar o capitão concluiu: - Foi assim.

Ao retornarem ao quartel, horas mais tarde, Gilberto não se deu por vencido e gentilmente pediu ao capitão para

---

[2] Murilo Pinto Pezzuti da Silva, Afonso Celso Lana Leite, Mauricio Vieira de Castro, Nilo Sérgio Menezes Macedo, Júlio Antônio Bittencourt de Almeida, Jorge Raimundo Nahas e Maria José de Carvalho Nahas, respectivamente.

falar mais sobre o ocorrido em Belo Horizonte em 1969. Gomes Cordeiro com seu modo cavalariano de proceder bateu no coturno com o bastão de comando e mandou o cabo aguardar no PC (posto de comando) da companhia.

Algum tempo depois o capitão apareceu na sala já tirando a blusa verde-oliva, o gorro e chamando pela ordenança: - Lima traga um café para dois. Sentou olhando para o infinito da parede branca e começou a contar fatos vividos em Minas Gerais dois anos atrás.

Alguns presos do COLINA foram transferidos da Delegacia de Furtos e Roubos, na Rua Pouso Alegre, Bairro Floresta, em Belo Horizonte, para a prisão do 12º Batalhão de Infantaria, no Barro Preto. O critério de escolha foi definido pela polícia mineira no comando da 4ª Região Militar.

Fleury solicitou participar dos interrogatórios que começariam no quartel. O então tenente Gomes Cordeiro consultou à chefia imediata e recebeu sinal verde para acolher o delegado paulista na equipe.

Os presos foram interrogados sistematicamente e todos falaram, até que João Lucas morreu no cárcere, se suicidando por enforcamento. Antes ele confessou que matou o major do exército alemão Von Westernhagen que cursava a Escola de Comando e Estado-Maior do Exército, no Rio. O militar alemão foi confundido pelos terroristas do COLINA com o capitão boliviano Gary Prado, que havia matado Che Guevara no ano anterior.

Curioso, Gilberto interrompeu a narrativa e perguntou: - Capitão, esses caras não notaram a diferença de um alemão para um boliviano? Gomes Cordeiro sorriu e alertou o cabo: - Burrice e medo juntos fazem um estrago danado. Eles levantaram o cara errado e não confirmaram a informação. Foram no oba-oba, julgaram e executaram o alemão como se fosse um boliviano. Erraram por excesso de confiança.

E o capitão continuou a falar sobre os interrogatórios no batalhão mineiro. Ele tentou seguir as normas da Convenção de Genebra para presos de guerra, mas a realidade era outra. Havia uma guerra, mas o inimigo não estava fardado, incorporado a um exército regular. Era mais parecido com um espião, afinal misturado com seu próprio povo o terrorista atacava alvos não militares, usando ou não ações seletivas (contra alvos políticos). Isso era novo em 1968.

Fleury era delegado da polícia de São Paulo, acostumado a tirar confissões de bandidos perigosos e no decorrer das sessões se impôs ao grupo. Primeiro sugerindo essa ou aquela técnica de interrogatório, depois pondo as mãos na massa e interrogando pessoalmente alguns presos. Foi numa dessas sessões que surgiram os nomes de outros integrantes do grupo terrorista, como: Dilma Rousseff, Cláudio Galeno Magalhães Linhares, Fernando Damata Pimentel, entre outros.

Encerrando a conversa sobre como conheceu Fleury, Gomes Cordeiro foi lacônico: - Dai em diante trocamos muitas figurinhas.

V - A união de forças e a desinformação

Uma semana se passou até que nova reunião foi marcada para todas as equipes de busca e apreensão. Terça-feira, logo após a sessão de educação física do batalhão, os membros das EBA foram se acomodando na mesa de reuniões da Segunda Seção. O último a entrar foi o comandante do batalhão, Coronel Vilas Boas. Todos se levantaram e permaneceram na posição de sentido até ordem para se sentarem.

O respeito pelo comandante era fundado, afinal os militares estavam diante de um ex-combatente da Segunda Guerra Mundial, ferido em combate, feito prisioneiro, que fugiu e permaneceu na luta até a vitória dos Aliados. O major Irênio abriu a reunião informando ao grupo que o coronel iria coordenar e participar da ação.

Gilberto, de queixo caído diante daquele ídolo negro, por ser o mais moderno, cedeu lugar ao comandante, permanecendo de pé logo atrás. Sem nenhuma introdução ou discurso, como se fosse um tenente, o coronel Vilas Boas começou o planejamento da missão. Abriu a carta topográfica da região sobre a mesa, prendeu-a com quatro pesos de granadas ofensivas já desmanchadas.

Com o bastão de comando, onde se sobressaia à bomba da poderosa Artilharia, apontou o açude da Serra e disse: nossa missão é vasculhar toda a região do açude, num raio de vinte quilômetros em busca de três integrantes da Aliança Libertadora Nacional, um deles já identificado e que estão treinando tiro real no caminho de Palmeiras da Serra.

Com voz pausada o coronel situou a missão, dizendo: - O Centro de Informações do Exército (CIE) tem dados que apontam para futuras ações terroristas em nossa região. Além da vinda de terroristas paulistas para cá, há concentração de militantes em vários pontos de nossa área de segurança.

Apontou para Japeri no mapa e disse que ali havia um sítio onde outros subversivos faziam treinamento de tiro como se fosse uma escola de formação de guerrilha. Por fim, levou a ponta do bastão até Campo Grande, na Zona Oeste da cidade do Rio de Janeiro, para fechar a introdução: - Aqui o MR-8 tem um pequeno arsenal. Vamos atuar coordenadamente nessas três frentes, e dessa vez com a cooperação dos Fuzileiros Navais.

Na fase seguinte do planejamento, o comandante Vila Boas escalou equipes e distribuiu missões específicas. Nisso bateram à porta e Gilberto que estava em pé foi atender. Era o Major Carlos, S4 do batalhão, acompanhando um militar, em farda camuflada, desconhecido. Autorizada pelo comandante a dupla entrou na sala de reuniões, como se fosse algo automático, os cabos Uriel e Altamiro ofereceram seus lugares aos oficiais que chegaram.

O militar com farda camuflada que era o comandante do Batalhão de Operações Especiais de Fuzileiros Navais, o Capitão-de-Fragata Lenine Cunha de Almeida, devidamente apresentado pelo coronel comandante. Agora todos os presentes sabiam que "o coro vai comer".

O comandante Almeida abriu seu tubo de mapas e de lá retirou uma fotografia panorâmica de um imóvel da Rua Niquelândia, nº 23, bairro de Campo Grande e informou ao grupo: - Aí está o aparelho do MR-8 que vamos estourar. Gilberto engoliu em seco e procurou apoio nos mais experientes, pois nunca havia escutado esse termo. Cruzou o olhar com Almeida que piscou levemente, com a tranquilidade de um monge estampada no rosto mulato.

Retomando o controle da reunião, o comandante Vilas Boas solicitou que os fuzileiros navais promovessem uma operação de pente fino entre a cachoeira do Borgeres de Castro até a usina de eletricidade da fábrica de tecidos, com limites laterais entre o Lazareto e a entrada da Fazenda das Palmeiras. Uma área de floresta, com mata preservada e muitas montanhas. Missão quase impossível. Mas, os caras eram fuzileiros do Batalhão Toneleros e para eles tudo seria possível.

A missão da tropa especial seria encontrar e capturar João Maria de Freitas e Emiliano Sessa[3] , ambos integrantes da ALN e Diego de tal[4] , do MR-8 e ex-integrante da ALN. O primeiro confirmado na área pelas equipes do BDMUN, os dois outros possivelmente presentes.

O comandante Almeida, olhando atentamente para a região demarcada na carta topográfica, perguntou ao coronel Vilas Boas: - Quando vamos disparar a operação? - Amanhã não, respondeu o experiente coronel Vilas Boas, vamos reunir os meios aqui no quartel e partimos no amanhecer de depois de amanhã.

O planejamento continuou por quase uma hora e ao ser encerrado havia sido instalada uma barraca de dez praças bem junto ao coreto do local de formatura do batalhão.

---

[3] Alex de Paula Xavier Pereira e Gelson Reicher, respectivamente.
[4] Mário de Souza Prata

Nela havia uma grande mesa e duas poderosas estações de rádio. Dali o coronel Vilas Boas e o comandante Almeida coordenariam a operação.

Parecia uma ação de combate regular, mas todos sabiam que o inimigo não tinha cara, farda, nem pátria. As três equipes de busca e apreensão do Batalhão foram reforçadas por outras duas dos fuzileiros. Esses quinze homens iriam trabalhar completamente descaracterizados, inclusive com armamento não convencional.

Somadas as EBA os navais entrariam com uma companhia de busca, fardada, que faria a operação de pente fino como se fosse um exercício normal. Não haveria bloqueio na estada RJ-127, a busca seria na mata, cachoeiras e estradas secundárias no perímetro delimitado.

Como havia três alvos distantes entre si para se operar: busca na mata na região do Açude da Serra; sítio em Japeri; e casa em Campo Grande, os dois comandantes decidiram realizar a busca no sítio e na casa no mesmo dia e horário. As operações seriam iniciadas na madrugada do dia cinco de abril, enquanto a busca na mata iniciaria logo após o café da manhã do mesmo dia.

Encerrado o planejamento as equipes foram se preparar. Gilberto estava escalado para a missão na casa em Campo Grande. Coube a ele dirigir o Opala da coordenação de campo, compondo a EBA com o Capitão Gomes Cordeiro e o Sargento Almeida. A barba por fazer o cabelo grande e a nova farda do cotidiano: sandália franciscana, calça jeans e camisa polo escura davam nova imagem ao cabo manipulador de explosivos, bom de bola e de tiro.

Logo depois do jantar na data determinada, Gomes Cordeiro reuniu as duas EBA, uma de navais e a dele próprio. Com aquele jeito típico de cavalariano foi direto ao ponto: - Vamos agora para o local, dormiremos nas viaturas e na madrugada vamos meter o pé na porta. Dúvidas?

Como se fosse algo muito normal atuar com outra força, todos deram de ombros e o capitão apresentou os demais membros uns aos outros. Gilberto pensou consigo mesmo: Caramba, o que eu faço no meio desses experts? Logo a resposta viria.

Embarcaram em um Opala preto quatro portas e em um Corcel I marrom, também de quatro portas. De Paracambi a Campo Grande as equipes se deslocaram pela RJ-127, no Posto do Cabral mudaram para a Via Dutra, sentido Rio de Janeiro e logo após o Belvedere, mudaram para a antiga Rodovia Rio-São Paulo, passando pela Seropédica, Guandu e Viaduto dos Cabritos, por cima da Avenida Brasil.

Entraram em Campo Grande e foram até o fim da Avenida Cesário de Melo, retornando pela Avenida de Santa Cruz se aproximando da rua onde a operação iria acontecer, Gomes Cordeiro sugeriu aos navais que ficassem estacionados na Estrada Moricaba, entre as Ruas General Américo Moreira e Rua Mariana Alcofarado, pois conheciam o alvo e poderiam reconhecer o casal que guardava o arsenal. Avisou que iria posicionar o Opala na Rua Mariana Alcofarado, logo após a entrada da Rua Niquelândia (pois se tratava de uma rua sem saída), com um pequeno balão de manobras ao fundo.

Veículos estacionados, rádio em silêncio, a campana havia começado, e em missões como essa o alvo é quem faz a hora H. Pouca conversa aconteceu até que por volta das

vinte e duas horas um veículo com quatro indivíduos dobrou a Estrada Moricaba e entrou à esquerda na Rua Mariana Alcofarado. A EBA dos navais deu um sinal estranho pelo rádio: - Temos companhia, parece polícia.
O carro entrou na Rua Niquelândia foi até a rótula, retornou e parou diante da casa número 35, vizinha do alvo. Almeida que estava passeando a pé notou que ao acender um cigarro um dos integrantes do veículo desconhecido tinha cabelo cortado como militar.

Por volta das onze horas um taxi se aproximou e ao entrar na Rua Mariana a equipe naval reconheceu o casal sentado no banco de trás como o morador na casa alvo. O taxi entrou na Rua Niquelândia e seguiu até a casa em frente ao número 23, onde o casal desembarcou.
O Corcel com os navais se deslocou até o entroncamento da Rua Mariana com a Niquelândia e o outro carro dirigido por Gilberto se deslocou de faróis apagados até quase dobrar a esquina. Nesse momento começou um tiroteio defronte a casa alvo.
Almeida que estava desembarcado foi o primeiro a reagir, sacando a pistola e disparando ainda no final da rua. Os três fuzileiros navais desembarcaram como um raio e seguiram pela Rua Niquelândia atirando em fogo cruzado com Almeida, no chão estavam dois ocupantes do carro desconhecido. Gilberto parou o Opala e desembarcou com a Thompson nas mãos, enquanto Gomes Cordeiro saia pela calçada com a Walther PPK 7,65mm já engatilhada.
No lusco-fusco da rua pouco iluminada o tiroteio foi intenso, ao final um saldo de dois mortos e dois feridos gravemente. Passado o momento dos tiros, um tenente

fuzileiro naval grita para os dois ocupantes do carro desconhecido: - Saiam com as mãos na cabeça. Sob a mira das armas os dois ocupantes do carro desembarcaram e foram deitados de cara para o chão e algemados pelos navais.

Ao mesmo tempo, Almeida conferia um dos feridos e constatou que se tratava de uma mulher com uma cesta de pão sob as vestes, imitando uma gravidez. Ela havia sido baleada no peito e nas nádegas e perdia muito sangue. Gilberto foi a socorro do segundo ferido que estava ao lado do carro desconhecido. Ao ver o tipo de ferimento tratou de correr até o Opala e voltar com ataduras do estojo de primeiros socorros, pois o homem havia sido baleado no pescoço e o sangue jorrava em profusão.

Gomes Cordeiro voltou ao Opala e transmitiu a situação para o centro de comando da operação. O sargento Batalha, um fuzileiro naval atarracado se debruçou sobre o último ferido e assistiu a morte do mesmo que baleado em vários lugares que parou de respirar diante da impassividade do naval.

Retornando ao local do tiroteio Gomes Cordeiro deu ordens aos navais: - Levantem os dois. Vamos trabalhar esses caras. O motorista do carro desconhecido, com cabelo cortado à moda militar abriu o jogo sem pestanejar: - Somos paraquedistas do Exército. O mundo parou naquele instante, afinal um morto e um ferido eram integrantes daquela equipe.

Tenente Alves, o naval, foi frio o suficiente para romper o silêncio e inquirir os dois: - Quem são os nossos? E a resposta só piorou o ânimo de todos: - Major Martinez e Capitão Parreira, da Brigada Paraquedista.

E o tenente seguiu interrogando a dupla algemada: O que aconteceu aqui? – Nós estávamos esperando, para prender, um casal que deveria chegar em um fusca. Quando o taxi parou do outro lado da rua e desceram o sujeito e a mulher grávida, o major desembarcou dizendo que iria afastar o casal do local, para evitar tragédia. Ele começou a falar e a mulher tirou um revólver da barriga e mandou bala no major. O capitão que estava no banco traseiro atrás do motorista também saltou e o sujeito meteu bala nele.

O paraquedista continuou a narrativa dizendo: - Nessa hora um cara lá do fundo da rua atirou no homem e vocês apareceram atirando nos dois. Nós nem tivemos tempo de desembarcar da viatura, com tanto tiro pipocando de todo lado. Concluiu o militar algemado.

Gomes Cordeiro retornou do Opala e questionou aos algemados: Quais eram os alvos de vocês? O mesmo paraquedista respondeu: - O Diego e a Marilena. Continuou o capitão: - Como vocês chegaram a esse alvo? Onde está a identificação de vocês?

O tenente Alves mostrou as carteiras retiradas dos quatro integrantes da equipe paraquedista e sob a luz do poste da rua o capitão confirmou a identidade deles. Ato contínuo mandou retirar as algemas e avisou que a central já havia providenciado socorro para os feridos.

O ocupante do banco traseiro do carro era o cabo Martoreli, morador na Rua Niquelândia, que desconfiou das atividades do casal de novos moradores da casa 23 e informou à segunda seção do 26º Batalhão de Infantaria

Paraquedista. Depois de uma vigilância no local, outra equipe entrou no imóvel e registrou em fotos o arsenal ali guardado. Naquela noite eles iriam prender a dupla de terrorista e apreender o material armazenado ali.

O primeiro socorro a chegar foi uma ambulância do Batalhão Toneleros. Embarcaram o capitão Parreira e a guerrilheira e saíram do local sem acender as luzes ou sirenes. Logo em seguida chegaram uma pick-up Willis e um caminhão, todos dos navais. Os mortos foram colocados no caminhão e Gomes Cordeiro avisou ao cabo motorista: - Toca para o Batalhão Depósito de Munição, em Paracambi. Vamos seguindo você.

Todos embarcaram em seus veículos e seguindo em comboio foram para o quartel em Paracambi. Eram cerca de duas da madrugada quando o triste comboio estacionou no pátio do BDMUN. Lá estavam os comandantes Almeida e Vilas Boas, o Major Irênio e dois oficiais do Batalhão Toneleros.

O médico do quartel foi acionado em sua residência, rapidamente atravessou a pista da rodovia e constatou a morte de ambos. Enquanto os chefes estavam reunidos, os demais integrantes das equipes de Campo Grande conversavam sobre o ocorrido, salientando a tremenda coincidência de duas unidades iniciarem uma operação contra o mesmo alvo na mesma data.

Major Irênio aparece na frente da barraca e começa a dar as novas ordens para o prosseguimento da operação Japeri. Primeiro determina que o caminhão leve os corpos para o QG da Brigada Paraquedista, onde já aguardam o veículo. Em seguida, manda Gilberto municiar todas as armas usadas em Campo Grande. Determina que o

motorista da pick-up Willis estacione o veículo na garagem do batalhão e que as equipes estejam prontas em meia hora para a partida. Termina dizendo: - Dúvidas?
É a chamada "hora que a barata voa", meio minuto concluída a transmissão das ordens o Major Irênio estava só na entrada da barraca.

VI - Lagoa do Sapo, lá vamos nós

Por volta das três horas da manhã o grupo de operações estava novamente reunido. Ordens foram dadas e sob o comando do capitão-de-corveta Freitas Nunes as duas EBA da ação em Campo Grande reforçaram as duas outras de Japeri, partindo para o local da operação: Lagoa do Sapo.

Do BDMUN até o sítio suspeito o comboio seguiu pela RJ-127 até seu início, daí em diante deslocando-se pela Via Dutra sentido Rio e na altura da Granja Carolina, seguiu pela RJ-125, a Estrada de Miguel Pereira, logo após a ponte do Rio Guandu entraram na Lagoa do Sapo.

A chácara estava localizada no final da Rua Brasil, com fundos para o Rio Santana. Em volta dela à mata alta dificultava qualquer busca no caso de fuga dos alvos. Os fuzileiros navais estavam se sentindo em casa. O portão de entrada do sítio era o último à esquerda em direção ao rio. Mais um problema, pois a rua terminava na mata, logo após o portão do sítio.

O comandante Freitas Nunes (na marinha todo oficial superior é chamado assim) organizou o comboio, estacionando as viaturas cerca de duzentos metros antes do final da rua, usando um pequeno campo de futebol para isso. Os fuzileiros entrariam pela mata logo após o sítio, se posicionando entre a casa alvo e o Rio Santana, enquanto as EBA do Exército entrariam pelo portão principal, logo depois do posicionamento dos navais. Ele usava uma tática medieval de combate, chamada "Martelo e Bigorna".

Os primeiros a chegar à varanda da casa foram os sargentos Osvaldo e Nogueira, com a cobertura de Gomes

Cordeiro e Souza. Na segunda leva estavam os sargentos Henrique Alemão, Ailton e Vilas Boas, além dos cabos Uriel e Gilberto. Esse pessoal se espalhou pelas laterais da casa, cobrindo praticamente todas as possíveis saídas.

Posicionados o grito do comandante disparou a ação. Osvaldo meteu o pé na porta e Nogueira lançou uma granada de efeito moral na sala. Souza e Osvaldo foram para os quartos, seguidos de perto por Gomes Cordeiro, Nogueira ficou na sala dando cobertura aos pontas de lança.

Alemão e Gilberto arrombaram e entraram pela porta da cozinha. Seguidos por Vilas Boas e Uriel. Gilberto escolheu um cômodo com a porta fechada para vasculhar, encostando-se à parede e girando a maçaneta abriu a porta. O facho da lanterna de Uriel ofuscou o casal que dormia sobre um colchão colocado no chão. Nenhuma reação teve o casal, sendo algemado e conduzido para fora da casa pela porta dos fundos.

Os gritos eram ouvidos por toda a casa, vinham dos quartos onde outras prisões aconteciam simultaneamente. Após um breve momento de silêncio novos gritos vieram dos fundos do quintal. De repente, uma escopeta de grosso calibre dispara perto da beira do rio e o matraquear único das rajadas do parafal mostra que os navais se engajaram pelo fogo.

Gomes Cordeiro reúne os presos na varanda da frente, manda colocar os capuzes pretos, do tipo saco de farinha, em todos eles. Uriel, Ailton e Vilas Boas são ordenados a manterem os presos. Os demais vão fazer o martelo bater na bigorna.

Logo após a casa principal havia uma edícula, no formato meia-água, que não havia sido percebida pelas equipes de operações. Dali havia saído pelos fundos um pequeno grupo de guerrilheiros armados, que foram acordados pelos gritos das prisões na casa principal e ao se defrontarem com os navais o tiroteio foi inevitável.

Ao tentarem retornar e saírem pela frente do sítio bateram de frente com o martelo que os empurrou, pelo fogo, de volta à bigorna. O comandante gritava para que os terroristas se entregassem. Mas, a resposta foram tiros de escopeta e revólveres. Diante do quadro, a ordem mudou e o fuzileiro naval gritou: - Fogo à vontade.

Quanto os tiros de escopeta e revólver pararam, o oficial determinou imediato cessar fogo. Alguns momentos de silêncio se passaram e, com cautela, os navais saíram do meio da mata ciliar que bordeava a sinuosidade do Rio Santana em direção aos guerrilheiros baleados na mata dos fundos da chácara. Os caras enxergavam no escuro!

Gomes Cordeiro deu ordem para trazer os carros e com seus faróis iluminar o local. O corcel e o opala se posicionaram na área iluminando a cena macabra. Ailton, o fotógrafo, pegou a câmera no porta-malas do Opala e começou a registrar a cena. Enquanto isso todos conferiam para ver se havia alguém ferido, dos dois lados da escaramuça.

Saldo da operação Japeri: quatro mortos entre os terroristas e cinco presos. Pelo rádio o comandante passou os dados para ao posto de comando e recebeu ordens de deslocar sua turma para o batalhão e deixar a EBA de Gomes Cordeiro para receber o Instituto Médico Legal de Nova Iguaçu que já havia sido acionado.

O dia clareou e pelo rádio Gilberto recebeu ordens para se deslocar até a ponte do Rio Guandu, pois a viatura do IML não havia encontrado o sítio. Assim fez e conduziu o rabecão até a chácara. Lá foram feitos os trabalhos de praxe e após a retirada dos cadáveres, a EBA retornou a base, no BDMun.

Ao chegar ao quartel à equipe recebeu ordens para dormir e Gilberto foi guardar o Opala preto. Uma Kombi e um Opala azul escuro estavam estacionados na garagem do batalhão e não pertenciam nem aos fuzileiros navais, nem ao BDMUN. Isso intrigou e embalou o sono de Gilberto. Dormiu até o meio-dia quando foi acordado no alojamento pelo cabo-de-dia: - Acorda infeliz, ou vai perder a hora do rancho.

Depois de um banho gelado e do almoço na cozinha do Rancho, Gilberto se apresentou no posto de comando. Agora a operação era na mata da Serra de Paulo de Frontin e os navais vasculhavam cada metro daquele perímetro. Chegaram Uriel e Almeida e os três se sentaram à sombra dos eucaliptos defronte a Companhia de Vigilância enquanto a operação se desenvolvia com o pessoal fardado. Sem ter o que fazer o trio começou a prosear sobre as duas operações da noite anterior.

Almeida com sua voz pausada comentou sobre o acontecido na Rua Niquelândia: - Quando a mulher atirou no major, saquei a pistola e sem pestanejar disparei em direção a ela, nem notei o barrigão. Ela atirou em minha direção, mas acertou o poste da esquina, pois as lascas de concreto caíram na minha cara.

Uriel, que não esteve lá, perguntou: - Acertaram que major? Almeida respondeu com cautela: Uriel, os paraquedistas estavam lá na tocaia e levaram bala do casal que era nosso alvo. Uma coincidência danada de ruim. E continuou o experiente sargento: - O terrorista atirou no capitão que saia da parte traseira do carro e eles (apontando para Gilberto) responderam o fogo neutralizando a dupla. O major e um terrorista morreram lá mesmo, já o capitão e a mulher foram socorridos ainda vivos.

Gilberto lembrou o artefato usado pela terrorista para camuflar a arma: uma cesta de pão sob as roupas. Dava a impressão de uma gravidez, mas a arma estava bem à mão. Uriel assentiu com a cabeça e a conversa esmoreceu.

Até que Almeida perguntou aos dois: - Vocês viram os navais no mato, lá nos fundos do sítio? A resposta de ambos foi um balançar de cabeça negativamente. Sorrindo sem abrir a boca Almeida constatou: - Sou infante e sou paraquedista, mas esses navais das forças especiais são o "cão chupando manga", parecem onça no mato, você não os vê, nem os escuta, quando dá de cara com eles já é tarde demais para reagir. Os guerrilheiros não tiveram a menor chance. Dá medo ver essa turma saindo do mato. Os dois outros concordaram e Uriel fechou a conversa com uma expressão que demonstra o orgulho castrense: - Eles são foda!

Nogueira, um sargento magro, alto, especialista em Material Bélico se aproxima do trio sob as árvores e perguntou: - Alguém sabe de quem são os carros diferentes na garagem? Os três deram de ombro, e a pergunta atiçou a curiosidade de todos. O quarteto se deslocou até a cantina onde continuaram a conversa e puxaram para ela o sargento Osvaldo que ali entrou.

Por volta das dezesseis horas um estafeta começou a chamar os integrantes da missão para se reunirem no Cassino de Sargentos, do Rancho. Era a hora de se despedir dos fuzileiros navais. A missão na Serra estava concluída e de lá os fardados seguiriam direto para o quartel deles em Campo Grande.

Os dois comandantes agradeceram um a outro. Apertos de mãos e sentimento de dever cumprido. Nenhuma palavra sobre os feridos em Campo Grande, nem sobre os presos de Japeri. Como forma de autocrítica o coronel Vilas Boas informou que havia solicitado uma audiência com o comando do I Exército, general Sinzeno Sarmento, para expor o resultado da missão e a falta de entrosamento entre quartéis do próprio Exército. Era uma alusão a presença dos paraquedistas no decorrer da operação.

Todos se deslocaram até a garagem onde os fuzileiros embarcaram em suas viaturas descaracterizadas e seguirão seus destinos. A Kombi e o Opala azul permaneciam estacionados. A curiosidade só aumentou.

Retornando ao Rancho foi realizada a autocritica da operação de informação e todos liberados em seguida. Era um começo de abril agitado.

Gilberto estava se tornando um experiente combatente das operações de informação.

VII - O choque da tortura

Em um quartel do tipo do BDMUN as operações de informações como as ocorridas naquele início de abril eram raras, afinal o negócio do Batalhão era estocar munições e explosivos para todo o Exército. A fofoca sobre os últimos dias estavam fervilhando entre os militares de todos os postos. Nesse disse-me-disse desencontrado, Soares, um soldado, colega de futebol de Gilberto, faz uma revelação assustadora na hora do almoço: - Tem um monte de paisanos no Posto de Vigilância nº 3 (PV3 – fazendinha) detonando uns presos.
O quê? Seriam os caras dos carros estacionados na garagem do quartel? Presos, quais? A cabeça do cabo explodiu de tantos questionamentos que ele terminou de engolir a comida e se dirigiu às proximidades do comando da CCSV, onde o capitão Gomes Cordeiro trabalhava. Ali ficou até ver o capitão e um tenente da companhia retornarem do almoço.
Fez a saudação de praxe ao seu comandante direto e pediu permissão para com ele falar. O tenente seguiu para o alojamento dos oficiais enquanto os dois permaneceram na porta do PC da companhia. Gilberto nem deixou o capitão acender o cachimbo e lascou a pergunta a queima roupa: - Capitão tem gente torturando os nossos presos?
As feições de Gomes Cordeiro mudaram, a palidez normal de sua face foi tomada de um corado que subia do pescoço à testa. - Nossos presos? Que porra é essa cabo? Respondeu indagando o comandante da companhia. - Você comprou ou ganhou algum preso? Prosseguiu ele. Nosso trabalho terminou lá no teatro de operações. Daí

em diante, nem sabemos e nem temos a necessidade de conhecer. Assim é o serviço de informação. Compartimentado. Não sei de nada e nem quero saber, arrematou o capitão.

Gilberto ficou pasmo e engasgou na tentativa de ponderar. Sem saber o que fazer ficou olhando para o chefe até que esse encerrou a conversa do jeito típico da Cavalaria: - Vai arrumar um trabalho antes que eu arrume uma cadeia para você. Fim de conversa.

Passou à tarde na área de desmancho destruindo um lote de estopilhas de granada 105 mm e lutando mentalmente com seus próprios valores morais. Tortura! Inaceitável para um militar. Por volta do toque de ordem a equipe de desmancho retornou à sede do Batalhão onde foram dispensados. Gilberto se dirigiu ao alojamento da companhia e depois do banho decidiu permanecer no quartel.

Jantou e se juntou aos percevejos (militares que moram no quartel) para jogar truco, ping-pong e sueca. A real intenção era saber mais sobre o tal pessoal que estava torturando presos. Conversa vai, conversa vem e alguém falou que era o pessoal do DOI que estava trabalhando no PV3. E mais, que eles estavam alojados na casa da fazendinha e não vinham ao quartel para nada. Um motorista da companhia afirmou que já havia levado um jantar lá com cerca de quinze rações. Isso explicava as duas viaturas na garagem.

Deixou o animado grupo de militares e se deslocou até o rancho, onde conversando com o Cabo Andrade ficou sabendo que haveria necessidade de levar o café da manhã às seis horas para o pessoal do PV3. Sem abrir o jogo com o colega perguntou: - Precisa de motorista? O outro disse que iria pegar o motorista de dia para isso, mesmo atrapalhando um pouco o roteiro do café normal para o pessoal de serviço nos outros nove postos espalhados pela imensa área de paióis. Gilberto não forçou a barra e se despediu do colega.

Na tarde do dia seguinte, estava integrando a equipe de desmanche de uma tonelada da perigosa pólvora negra. Já haviam cavado as valas e queimado algumas centenas de quilos quando um jipe se aproximou e Gilberto levantou a bandeira vermelha para que o veículo parasse imediatamente. O jipe parou e desceu um sujeito barbudo sorrindo para a equipe. Mais perto o elemento foi reconhecido era o Sargento Rosário, velho parceiro de desmancho e destruição. Abraços para lá e para cá.

Alguém passou a tocha de fogo para Rosário que queimou mais uma centena de quilos de pólvora e seguiram para o tapiri coberto com folhas de pindoba, onde longe do sol e do calor da queima beberam água gelada e os fumantes acenderam seus cigarros. A turma queria saber como estava o colega, o que fazia ali e como estava a família. Ele disse que a família estava ótima, que permanecia no DOI e que trouxera um grupo de interrogadores para cumprirem uma tarefa no Batalhão.

Gilberto ficou chocado, mas procurou nada demonstrar exteriormente. Permanecendo na roda de conversa, sem, no entanto falar mais nada. Meia hora se passou e Rosário se despediu dos velhos colegas de desmancho e embarcou no jipe que arrancou e sumiu na estrada poeirenta.

No terceiro dia após o encerramento da missão, Gilberto foi chamado no S2. Lá se apresentou ao Major Irênio, cumprimentando o visitante que ali se encontrava. Era um sujeito moreno, com barba por fazer e foi apresentado como Dr. Marcos, do DOI do I Exército. O chefe da segunda seção do BDMUN perguntou se Gilberto gostaria de engajar no Exército e passar à disposição do DOI.

Gilberto fora pego de surpresa, pois ainda não havia pensado no que fazer da vida depois do fim do ano. E ir para o DOI era se afastar da caserna totalmente. Duas decisões que a dupla de oficiais queria que o cabo tomasse ali e agora. Com sua inexperiência o cabo perguntou: - Eu terei que torturar alguém?

Novamente os humores mudaram da água para o vinho. Major Irênio foi o primeiro a reagir: - E desde quando o Exército tortura? Que raio de pergunta é essa? Antes que Gilberto respondesse a bateria de perguntas do chefe, Dr. Marcos afirmou: - Você irá para um novo setor, o de operações de inteligência e contra inteligência.

O cabo manipulador de explosivos tremeu nas bases, afinal ele queria sim ir para algo que fosse mais eficaz para o combate ao terrorismo e à subversão no Brasil. A oportunidade se apresentou e ele respondeu afirmativamente.

Diante da resposta afirmativa o Dr. Marcos explicou a Gilberto que ele havia sido selecionado pelo pessoal do I Exército com base em ficha de avaliação emitida pelo comando do Batalhão. E nessa ficha constavam as ações realizadas no campo das operações de informação. Não era uma "peixada" ou qualquer indicação, mas sim um processo seletivo simplificado em busca do mérito.

Sem saber o que mais dizer o cabo agradeceu a dupla de oficiais e foi dispensado. Sabendo dali em diante a qualquer momento ele seria requisitado pelo I Exército.

O nível das operações agora era muito maior, pois o I Exército abrangia o Rio de Janeiro, Espírito Santo e Minas Gerais.

Em casa comentou com os pais e sua mãe não achou boa sua decisão. O pai preferiu incentivar a escolha de trabalho do filho, só alertando para os cuidados redobrados dali em diante.

Gilberto havia entrado no time de vanguarda das informações do Exército. Ele só não sabia disso ainda.

Capítulo 4 - A batalha interna

I - O Coelhão revoluciona o serviço

O contato com outros serviços nacionais e estrangeiros mostrava que a informação era só um insumo, o foco do negócio era a inteligência e o conhecimento. E foi aí que o coronel Ney da Gama Rosa Cardoso - o Dr. Araújo - caiu do céu e entrou na vida de tantos agentes como Gilberto. A inteligência batia nas portas do serviço de informação.

A chegada do coronel Nei no Estado-Maior do I Exército, que compreendia três populosos estados do Sudeste, marca o início da reestruturação de todo o sistema de informações e de sua atuação no Exército Brasileiro. A ordem veio diretamente da Presidência da República. O coronel não era isoladamente o condutor do processo havia muitos outros coronéis envolvidos, mas no I Exército coube a ele levar adiante a mudança de mentalidade: da repressão para a inteligência.

Extremamente cuidadoso nas palavras, o Coelhão, como nós o apelidamos por conta dos dentões salientes, analisava os informes com ferramentas mentais ainda não usuais no sistema policial, gerando informação muito além da simples descrição de fatos e situações. As coisas iam mudar muito, muito mesmo.

O coronel costumava reunir pessoas por ele selecionadas e com elas fazia sessões de brainstorm, de onde nasciam boas ideias vindas da ação, da experiência real. Conhecer o cenário da luta era mais importante que lutar contra algo invisível. Novos tempos. Saber o que vai acontecer em lugar da simples descrição de fato acontecido era uma nova mentalidade. Os bate-paus da polícia começaram a perder importância e com eles o pau-de-arara, a cadeira do dragão, o telefone de campanha EB 11-AF 3/ETC, com sua manivela assustadora e outras formas medievais de coleta de dados.

O coronel vivia repetindo que era necessário saber como usar as informações coletadas e relacionar uma coisa com a outra. Os resultados dessa nova mentalidade no Exército logo apareceram. O mais palpável e conhecido foi o aniquilamento total da guerrilha comunista na Região do Araguaia.

Com informações precisas, um enorme conhecimento foi gerado, tanto sobre a região, como a respeito das pessoas dali, apesar da incipiente presença do estado na região, às forças armadas sabiam tudo sobre a guerrilha e os guerrilheiros do Partido Comunista do Brasil (PC do B) que se lançaram na luta armada para destruir a democracia brasileira, tentando substituí-la por uma ditadura comunista nos moldes chinês. A eliminação da guerrilha no Araguaia encerrou algo vindo desde 1963, à chamada Guerra Popular Prolongada, tal qual se vê ainda hoje com as FARC na Colômbia.

Ouvir e gravar as conversas telefônicas dos subversivos, terroristas urbanos e guerrilheiros rurais foi técnica institucionalizada nessa época. Muito embora os comunistas pouco falassem ao telefone sobre suas operações, as escutas permitiam conhecer contatos individuais, células e redes. Até hoje as polícias brasileiras usam e abusam desse recurso como forma de enfrentar o crime organizado.

As técnicas de vigilância foram também aperfeiçoadas, vasculhando-se até o lixo dos alvos e assim se conhecendo muito mais de suas rotinas e hábitos. Câmeras fotográficas com lentes teleobjetivas, filmadoras montadas em veículos, central de comunicação móvel, microfones minúsculos com transmissores, entre outros artefatos faziam a tecnologia chegar ao serviço de informação.

Junto aos aparelhos tecnológicos chegaram os instrutores estrangeiros, gente de Israel, da Inglaterra, da França e dos Estados Unidos que começaram a ensinar novas teorias da informação, da inteligência estatal, a treinar técnicas de coleta e captura de dados e, até mesmo, da forma computacional de produção da informação. Um representante norte-americano, do National Intelligence Council (NIC), deu palestras no auditório do I Exército e se reuniu com agentes mais escolarizados com o objetivo de expor novas formas de coletas de dados clandestinas, extrapolando a finalidade militar e entrando no que chamavam na época de campo político e psicossocial.

Era o Exército Brasileiro aprendendo a produzir informação e conhecimento para seu consumo próprio, ultrapassando, em muito, a intenção puramente policial ou repressiva.

Foi nesse período que analistas e agentes de campo começaram a se conhecer e traçar planos alongados no tempo, com estratégias mais amplas. Encerrava o período policialesco do serviço e nascia a inteligência para conhecer e antecipar os fatos. A resistência foi enorme e muitas vezes usaram a violência ao responder as novas ordens de busca da informação. O pessoal do pau-de-arara não estava preparado para usar o cérebro em lugar do braço.

Claro que muitos "Coelhões" foram designados para os órgãos de Informação no Exército, coronéis treinados no exterior e conhecedores de novas formas de combater um inimigo sedicioso, coordenado internacionalmente, invisível ao olho nu e tremendamente dissimulado. Essa nova geração de coronéis aparelharam os pontos chaves do sistema e o serviço de informações se tornou mais eficiente e muito eficaz.

O resultado disso? As prisões se encheram de subversivos, guerrilheiros e terroristas, a partir dessa nova mentalidade de inteligência que substituiu a tortura. As baixas eram tantas que sumiram organizações terroristas inteiras, por conta das prisões de guerrilheiros e terroristas, bem como do desmantelamento de aparelhos subversivos.

A luta da esquerda armada daquele momento em diante foi para sobreviver, pois o braço forte do Exército estava mais inteligente que nunca.

O presidente Ernesto Geisel consolidou os novos rumos da chamada guerra suja, encerrando uma aventura banhada de sangue que começou no Aeroporto de Guararapes e terminou no Araguaia, eliminando inclusive o terrorismo nas cidades. O ciclo iniciado no governo de Juscelino Kubitschek de Oliveira em 1960 fechou-se ao final do governo de Emílio Médici em 1974.

O preço disso foi alto com ações desesperadas de terroristas, subversivos e agentes policiais do velho sistema. Bombas explodiram. Justiçamentos ocorreram sem que as organizações comunistas percebessem que o sistema de busca de dados havia mudado. Vários militantes foram por eles executados sem nenhuma culpa provada. Atordoados com as quedas por morte e prisões os terroristas e guerrilheiros assistiam atônitos as ações preventivas que frustravam até simples assaltos a banco.

II - A dor causada pela polícia

Gilberto começa uma nova fase na carreira e faz parte em tempo integral de uma EBA do BDMUN que atua, tanto sob o comando da 1ª Divisão de Exército (DE), na Vila Militar, como também sob as ordens do Comando de Operações de Defesa Interna do I Exército (CODI), cooperando esporadicamente com o braço operacional do CODI no Rio de Janeiro, o Destacamento de Operações de Informações (DOI), anexo ao quartel da Polícia do Exército, na Rua Barão de Mesquita, no Andaraí.

Sua equipe atuaria em duas frentes prioritariamente: assaltos a bancos e tráfico de drogas. A missão principal é identificar membros da guerrilha urbana que praticavam assaltos aos bancos e chefões do tráfico de drogas que multiplicavam o dinheiro expropriado dos bancos. Uma simbiose perniciosa no presente e de efeitos imprevisíveis no futuro. As drogas financiando oterrorismo.

Após semanas de levantamento o pessoal de análise do DOI da 1ª DE formou bom nível de certeza e confiabilidade sobre uma ação de expropriação no Banco da Lavoura de Minas Gerais, em Duque de Caxias, o MR-8 faria o assalto. A agência provável seria a situada na Praça do Relógio, atualmente denominada Praça da Emancipação.

Uma equipe foi até o local fazer um minucioso reconhecimento. Ao seu retorno, com fotos e mapas atualizados, foi possível planejar a ação de enfrentamento.

No início da noite de domingo a EBA que Gilberto integrava chegou à 1ª Companhia de Polícia do Exército, na Vila Militar, foi identificada, liberada a entrada e guardou o fusca na garagem da unidade. Seguiram os três integrantes para a reunião preparatória da missão do dia seguinte. Gomes Cordeiro, Almeida e Gilberto se acomodaram no pequeno anfiteatro e aguardaram a chegada dos demais.

Esperaram pouco, pois em menos de quinze minutos outras três equipes ali estavam, além do comandante da companhia Major Ênio de Albuquerque Lacerda. A reunião preparatória foi rápida e as missões distribuídas a cada equipe. Um grande painel de papel pardo situava cada elemento ou equipe no local da operação. Gilberto achou estranho seu nome estar posicionado na entrada do banco.

Após as ordens gerais, sincronismo dos relógios, o major Lacerda deu ordens a Gilberto para ir até o rancho e conseguir um bife ensanguentado. Minutos depois Gilberto retorna com um bife de fígado no prato de sobremesa e nota que sobre a poltrona onde estava sentado há trapos que vestidos simulariam um mendigo. Ai a ficha caiu e ele entendeu para que serviria o bife.

Tirou a roupa ali mesmo e colocou as vestes surradas e rasgadas que lhe foram entregues. Calçou uma sandália do tipo franciscana com tiras arrebentadas, colocou o chapéu de aba mole que cobria até os olhos de tão grande e recebeu uma atadura para fixar o bife na canela da perna esquerda. Nascia um mendigo com uma baita ferida na perna.

Com a reunião já encerrada dirigiram-se ao pequeno refeitório de sargentos onde jantaram isca de fígado acebolada. Espalharam depois do jantar pelo aquartelamento e Gomes Cordeiro avisou que a nossa EBA ocuparia a posição por volta das cinco horas da manhã. O horário bancário tinha início às oito horas e com isso estaria garantido que o ambiente estivesse o mais normal possível.

Com o forte calor de Deodoro os agentes buscaram um ambiente ventilado para descansar até a hora da partida. Até que por volta das quatro horas da madrugada foram acordados pelo sargento de dia que avisou haver um desjejum no rancho. Uma caneca de café e um pão com manteiga foi o frugal café da manhã daqueles homens.

Da Vila Militar, em Deodoro, até o centro da cidade de Duque de Caxias o deslocamento de cerca de dezessete quilômetros duraria no máximo meia hora. Ainda mais considerando o período da madrugada com ruas livres de trânsito. Gilberto tirou o bife do saco plástico, colocou-o na canela esquerda e enrolou a faixa de gaze sobre o bife. Sem precisar de muito aperto, rapidamente o sangue do bife atravessou a atadura e começou a escorrer em filete até o pé. Estava pronto o disfarce.

Gilberto desembarcou do fusca dirigido por Almeida defronte a estação de trens de Duque de Caxias e a pé se deslocou até a Praça do Relógio, onde se posicionou no primeiro lance de escada de acesso à agência bancária. Ajeitou a pistola Colt .45 na cintura, deixando encostado na parede o saco de aniagem com o resto das tralhas.

As demais EBA se posicionaram espalhando seus membros pela cercania, um ali como gari da prefeitura de Caxias, outro lá como camelô de pequenas coisas, Gomes Cordeiro se posicionou no bar da esquina onde hoje é o calçadão e tinha visão tanto do fusca estacionado e como de Gilberto na entrada do banco.

Por volta das sete e meia da manhã surgiu na esquina da Rua Manoel Correa uma dupla de policiais, apelidados no Rio de Cosme e Damião, com seus cassetetes de madeira e andar característicos, sempre com as mãos para trás do corpo. Ao se depararem com o mendigo na porta do banco o par para lá se dirigiu. Chegaram diante de Gilberto e da mesma maneira que se dirigiam aos mendigos da cidade convidaram o militar disfarçado: - Fora daí, seu merda!

Claro que o cabo não atendeu a ordem e com o olhar procurou o capitão, não conseguindo contato visual por conta da dupla de policiais parada em sua frente. Nisso, um deles subiu no degrau e deu um forte pontapé nas costelas de Gilberto que caiu no passeio público. Ao cair sua camisa esfarrapada subiu e deixou aparecer a pistola na cintura.

Como se houvesse caído um raio sobre os policiais, ambos sacaram suas armas e renderam o cabo que não reagiu. Um deles, nervoso enfiou o cano do revólver 38 na boca do militar, enquanto o outro puxou a pistola da cintura do mendigo. Com um pé no pescoço do cabo, um dos policiais o manteve sob custódia, enquanto o outro foi até o ponto de taxi e de lá telefonou pedindo reforço.

Como o 15º Batalhão de Polícia Militar fica a cerca de seis quarteirões da Praça do Relógio, logo chegou um camburão com dois outros policiais. Algemado, sem se identificar, Gilberto foi lançado na traseira do veículo como se fosse um saco de batatas. Os quatro embarcaram na viatura e foram para o Batalhão.

Lá chegando os policiais abriram a tampa do porta-malas e puxaram Gilberto que algemado foi ao chão. De imediato recebeu várias pancadas com os cassetetes de madeira, bateram nas pernas e nas costas, com vontade. Nisso houve um momento de alívio, pois algo estava acontecendo na portaria do batalhão.

Era Gomes Cordeiro querendo entrar na marra para soltar Gilberto. Enquanto durou a confusão na guarda do quartel o pau voltou a comer no lombo do preso. Como de praxe os policiais estavam preparando o preso para o interrogatório. Quando o capitão conseguiu se identificar e informar que o mendigo era um disfarce de outro militar do Exército a ordem de parar de bater foi imediata.

Entretanto, para Gilberto isso durou uma eternidade. Gomes Cordeiro chegou berrando como bom cavalariano: - Solta o homem! Ele é cana, porra. Um silêncio se fez no saguão onde o fato acontecia, até que a voz de Gilberto foi ouvida: - Me leve para o hospital.

Almeida estacionou o fusca ao lado do camburão e colocaram Gilberto no banco traseiro. Gomes Cordeiro sentou no banco do carona e ameaçou os policiais: - Se ele morrer eu vou foder vocês todos. Acelerando o carro, dali saiu direto para o Hospital Central do Exército, em Triagem.

A missão? Bem o banco não foi assaltado naquele dia, mas na Via Dutra um carro forte foi interceptado e saqueado, com um segurança fuzilado pelos guerrilheiros do MR-8. O carro seguia para Duque de Caxias onde abasteceria o Banco da Lavoura de notas novas. A informação era quente.

Gilberto foi atendido na emergência e transferido para a ala de Pneumologia, pois estava com um enorme coágulo na pleura. A PM fez o dever de casa, pena que o alvo era do mesmo lado. Uma semana depois Gilberto teve alta e ainda com muitos hematomas foi para casa, com uma dispensa médica de outra semana de repouso.

Com certeza as informações estavam chegando ao estado da arte no I Exército, mas faltava uma maneira de coordenar com outros atores da repressão, como foi o caso dos policiais do 15º BPM, de Duque de Caxias. Internamente a máquina estava ajustada, mas a ligação com outros órgãos ainda precisava de ajustes.

Gilberto em casa, deitado em sua cama e lendo um livro de José Delgado, intitulado o Controle Físico do Espírito, deixou a alma vaguear pela imaginação e sintetizou para si mesmo: tortura para que, se podemos dominar o cérebro do preso. Tossiu com dor e virou para o canto pensando que precisava mesmo era arrumar uma namorada urgente.

III – Aprendendo com o Coelhão

A vida seguiu seu curso com ações de vigilância tanto sobre aparelhos subversivos, na cobertura de pontos, como vigiando pessoas (terroristas, guerrilheiros e colaboradores). Uma novidade introduzida na vida dos foram às dinâmicas realizadas pelo CODI do I Exército, nelas agentes de várias origens, níveis hierárquicos e idades eram reunidos em pequenos grupos.

Gilberto participou de muitas delas, na cidade do Rio de Janeiro, nos aquartelamentos do DOI na Rua Barão de Mesquita, no Palácio Duque de Caxias e na Brigada Paraquedista, outras no 38º Batalhão de Infantaria, em Vila Velha, no Espírito Santo e ainda em dois quartéis de Minas Gerais: 4º Esquadrão de Cavalaria Mecanizado, em Santos Dumont e 12º Batalhão de Infantaria, em Belo Horizonte.

Cada uma dessas reuniões era coordenada por um coronel do CODI e visava criar, aperfeiçoar, extinguir formas de ação que a realidade brasileira apresentava para aquele momento histórico. Verdadeiras tempestades cerebrais foram provocadas nos integrantes de maneira a surgirem ideias inovadoras para o sistema de informação do Exército.

Uma coisa que Gilberto não entendia era a razão de um reles cabo, como ele, estar participando de reuniões como aquelas. Até que na viagem do Rio para Belo Horizonte surgiu à oportunidade de descobrir esse motivo. Na "Veraneio" Chevrolet viajavam sete militares e um deles o coronel Nei, Coelhão, e sem dúvida, o homem certo para responder a pergunta que martelava a cabeça do cabo.

Deslocavam pela BR-040 há horas até que alguém sugeriu uma parada para banheiro, cafezinho e cigarro. Aceita a ideia pararam na lanchonete Gariroba, em Congonhas. Depois do banheiro e do cafezinho, Gilberto se aproximou do coronel Nei e puxou conversa. A prosa rolou solta e descobriram que são apaixonados por canhões.

Conversa vai, conversa vem e Gilberto pergunta ao oficial superior: - Coronel, por que o I Exército escalou cabo como eu para essas reuniões estratégicas? O velho militar sorriu e respondeu com extrema simplicidade: - Teus resultados nos testes psicotécnicos estão muito acima da média, tanto é verdade que você está incomodado intelectualmente com sua presença nos grupos. É por isso.

Sem saber o que mais dizer diante da resposta direta e terminativa, Gilberto pediu permissão para ir ao banheiro. Lá chegando, olhou no espelho e falou em voz alta: - Sou o James Bond do Exército! Nisso uma voz num dos sanitários tira um sarro da fanfarronice do cabo: - Você está mais para Jaime do Bonde. Sem esperar para saber de quem era aquela voz, Gilberto retornou para o veículo e aguardou a ordem de embarque.

Alguns manuais de contraguerrilha nasceram de sessões como as realizadas pelo I Exército. O sistema de informação começou a difundir entre seus órgãos as novas ideias. Várias instruções técnicas também foram escritas a partir desses encontros, onde a teoria e a prática se juntavam para gerar conhecimento. E isso se dava na primeira metade da Década de 1970.

O confronto entre os velhos policiais dos DOPS estaduais e os novos agentes formados com a mentalidade da construção do conhecimento sobre o inimigo interno se deu daí em diante. O método de coleta e análise de dados que começava a ser empregado no sistema de informação dos militares aposentava a tortura física e isso desempregava os "bate-paus" da polícia.

Isso acontecia desde o final da presidência do General Médici e seguiu em toda a presidência do General Geisel. O homem estava determinado a fazer o que fosse necessário para acabar com métodos medievais de produção de informação. Ele havia sido adido do Exército nos Estados Unidos da América e lá aprendeu como produzir conhecimento político-psicossocial em uma democracia.

Militares como o Coelhão revolucionaram o sistema de informações das três forças, inclusive influenciando diretamente a Polícia Federal. Mas, muito pouco conseguiu mudar na mentalidade das polícias estaduais. Trinta anos depois os estados da federação começaram a valorizar a inteligência na segurança pública.

Gilberto não perdeu a oportunidade de se entrosar com o coronel e dele extrair o máximo de conhecimento sobre métodos e técnicas de busca e coleta de dados, bem como de transformação de dados em informação, e posteriormente, em conhecimento.

O Coelhão gostava da abordagem intelectual do cabo Gilberto, de sua total inocência política e das criativas soluções para velhos problemas. Um desses temas foi o combate às drogas sintéticas que entravam com força no Brasil. Gilberto enchia o saco de todos dizendo que o Nixon errou feio em inventar uma guerra às drogas e que iria perder feio. Drogas é um negócio, dizia o cabo, e enquanto houver consumidor disposto a pagar o preço, vai existir um fornecedor vendendo o produto. E, encerrava dizendo, é puro consumismo, acabar com o viciado é caminho, pois termina a demanda e o negócio morre naturalmente.

Os agentes balançavam a cabeça reprovando as ideias de Gilberto, mas Coelhão sorria satisfeito com os resultados que estava obtendo na formação da nova mentalidade no serviço de informação.

IV – Uma surpresa agradável

No Exército o comando de uma unidade militar se dá por dois anos e a troca de comando é uma política levada a sério até os dias atuais. O Batalhão Depósito de Munições, em Paracambi, não seria diferente das demais unidades militares e teve nomeado um novo comandante para substituir o ex-combatente da FEB - Adalberto Vilas Boas. O ministro nomeou o Coronel de Artilharia Nei da Gama Rosa Cardoso, o Coelhão, do I Exército para assumir o comando do BDMUN por dois anos.

Quando Gilberto leu isso no Noticiário do Exército correu para a Companhia de Comando e irrompendo atabalhoadamente o gabinete do Capitão Gomes Cordeiro anunciou a boa nova: - Capitão o Coelhão vai comandar o batalhão! Gomes sorri e avisa ao cabo eufórico: - Eu sabia!

Gilberto sabe o quanto Nei é inteligente, metódico e inovador, e isso pode fazer muita diferença em um quartel onde se estoca a munição de todo o Exército. Uma enorme pedra de mármore preta foi colocada na entrada e nela está o nome dos mortos nas várias explosões ocorridas no BDMUN. Isso é uma coisa que precisava parar – a escrita de novos nomes na pedra do luto.

A troca de comando aconteceu em uma solenidade muito concorrida tanto por militares como por civis da região. Com a presença do novo comandante do I Exército, o general Sylvio Couto Coelho da Frota, o estacionamento do quartel foi pequeno e os carros dos visitantes ocuparam as margens da rodovia RJ-127.

Pela primeira vez Gilberto ouviu um discurso de despedida de um combatente da Segunda Guerra Mundial. O Coronel

Vilas Boas fez muito marmanjo chorar em forma, com suas recordações da campanha na Itália. Mas, diante da imensa plateia o artilheiro de ébano disparou seus tiros de canhão, afirmando que nunca seria um general por ser preto.

Um choque para todos os que o tinham como exemplo. Como? O homem tinha todas as qualificações necessárias e desejáveis para a promoção. Desde quando a cor da pele interferia na escolha dos generais? Nenhum outro orador teve a audácia de contestar Vilas Boas.

Ainda nas comemorações da passagem de comando, por ordem do antigo comandante, as equipes de busca e apreensão foram reunidas no Cassino de Sargentos e lá Gilberto recebeu um abraço sufocante da montanha de músculos que era o Coronel Vilas Boas e ouviu um discurso inesquecível sobre valores patrióticos e democráticos proferido pelo ex-comandante.

Uma frase dita ali pelo ex-pracinha da FEB nunca mais saiu da cabeça de Gilberto: - Parafraseando Rondon, e indo em direção contrária, eu garanto que se preciso for matar, nós mataremos, desde que a democracia e a constituição sejam preservadas.

Os valores cristãos de Gilberto começavam a se chocar com a realidade. Para garantir a paz é necessário estar pronto para a guerra. As palavras do ídolo que saiu do Brasil para libertar o povo italiano do fascismo superaram os freios religiosos e deram ao jovem cabo a certeza que a democracia e a lei não são dádivas, mas conquistas dolorosas.

Uma semana se passou até que o novo comandante se dirigisse à sua própria comunidade de informação. Terça-feira, reunião às quinze horas na sala de conferência do Batalhão. Metade do pessoal fardado, barbeado e cabelo aparado e a outra metade totalmente descaracterizada, barbuda e cabeluda. Começava outra forma de atuar no campo da informação, os integrantes efetivos das equipes de busca e apreensão (EBA) trabalhavam descaracterizados e cumpriam horários específicos das missões, sem cumprir expediente normal. A segunda seção passou a planejar operações de informações visando o futuro, não mais reagindo a fatos já acontecidos.

A reunião começou pontualmente sob a batuta do Coronel Nei que explanou as novas diretrizes para coleta e busca de dados e como seria o processamento de informação no quartel. Ao distribuir as funções surpreendeu a todos incluindo Gilberto no time dos analistas de informação. Tal função era ocupada anteriormente por oficiais, e um cabo exercer a tarefa era algo diferente e inovador.

A compartimentalização foi outro postulado implantado com rigor a partir daquela reunião de comando. De agora em diante você só sabia o que tinha necessidade de saber. Era o fim das igrejinhas, das centrais de boatos, dos privilegiados que sabiam de tudo.

Coelhão foi adiante e organizou EBA voltadas para atender ao DOI do I Exército e outras para atender a 1ª DE. Gilberto e Almeida, sob a chefia de Gomes Cordeiro estavam disponíveis para o DOI da 1ª DE, na Vila Militar.

Começou ali a Operação Gaiola, um plano de operação de informação que mantinha atualizado um banco de dados com os alvos locais a serem presos em caso de ordem superior. Gilberto, nascido e criado na Baixada Fluminense começou a ler nomes de velhos conhecidos da política regional que deveriam ser encanados. Alguns tinham uma cruz no campo observação, Gilberto não ousou perguntar o que aquilo significava.

Os mapas de captura eram folhas duplas de papel almaço liso onde eram desejadas tabelas com nome, endereço, local de trabalho, organização, prioridade e o campo sem título, onde se colocava uma cruz. As EBA iam às ruas e confirmavam os dados, mantendo-os atualizados.

Terminada a reunião, um lanche frugal foi servido e no momento de confraternização o comandante passou as mãos sobre os ombros do jovem Gilberto e se deslocaram para o fundo da sala. Coelhão foi sereno e direto, vamos fazer as coisas certas, com as pessoas certas e eliminar a violência e a tortura das operações. Você é a novidade e espero muito de sua atuação. Siga seus instintos e faça a coisa certa. Não tenha medo de errar, pois só quem faz comete erros.

Ouvindo os conselhos do chefe respeitado pela inteligência, Gilberto tentou agradecer, mas o Coronel Nei não deixou. São ordens e não conselhos riu o sábio Coelhão.

IV – Entrando de sola

O DOI do I Exército montou uma operação permanente para fazer frente à onda de sequestros desde aeronaves até pessoas, todos com fins políticos. E, com o tempo foram escritos manuais e normas sobre tal tipo de ação, baseados nos vários casos acontecidos.

Um mês após o Coelhão ter assumido o comando do BDMUN recebeu por parte do DOI do I Exército uma solicitação de apoio para uma situação de sequestro de pessoa em andamento. O comando do batalhão convocou duas EBA para atuarem no caso. Uma delas a de Gilberto, Almeida e Gomes Cordeiro que deveria atuar em campo, sem o contato com os demais integrantes daquela operação. Gomes Cordeiro, cavalariano, logo denominou a missão de "ponta de lança", pois visava reconhecer e obter dados ainda desconhecidos pelo DOI.

Terminada a preleção do Major Irênio, S2 do batalhão, as duas equipes foram organizar materiais e demais meios para cumprirem a missão. A segunda EBA rapidamente se deslocou de Paracambi para a Rua Barão de Mesquita e lá formou o grande time de operação do DOI.

A ponta de lança se equipou de maneira diferente do normal, cabendo a Gilberto usar uma motocicleta Gilera 250 cc de 1965, enquanto Almeida e o capitão seguiriam de Chevrolet Opala branco. O motivo? A única informação confiável dizia que o sequestrado estava preso em uma propriedade rural no fim da Baixada Fluminense.

Gilberto recebeu uma lista de aviamentos que deveria comprar na Loja do Cristiano, no centro de Paracambi, pois sua estória cobertura seria de um mascate de produtos para costura. Enquanto os dois outros iriam procurar uma fazenda para comprar.

Já no meio da tarde havia mais um dado sobre o sequestro: houvera contato com a família e o pedido de resgate incluía dinheiro, leitura de manifesto em cadeia de rádio e televisão, além da libertação de alguns presos da Ilha Grande. Era o MR-8 liderando mais um sequestro no Rio de Janeiro.

Quando a EBA foi cumprir a cobertura de ponto do jantar Gomes Cordeiro ligou de um telefone público, disponível na churrascaria Schiavini, para o comando do batalhão e foi atualizado em dados. Um membro do MR-8 havia sido preso no Andaraí e levado para interrogatório no DOI onde comentou por alto sobre uma chácara, localizada em Cacaria, um bairro rural de Pirai no limite com Itaguaí (hoje Seropédica).

O trio desistiu do jantar e das proximidades do Rio Guandu partiram pela Rodovia Presidente Dutra para a região de Cacaria. Antes de retornar para pegar a pista de descida pararam no posto da Polícia Rodoviária Federal, defronte ao restaurante Frango Assado. Ali se identificaram e avisaram que estariam operando na área. Gato escaldado tem medo de água fria e a lembrança dos paraquedistas em Campo Grande era recente demais para ser esquecida.

Retornando em direção ao Rio de Janeiro, logo após a ponte do Ribeirão das Lajes Gilberto entrou na estrada de terra que leva até Cacaria e em baixa velocidade seguiu até o sítio do Juarez Soares. Estacionou a moto, desembarcou e abrindo a porteira com calma, dirigiu-se ao alpendre da casa e bateu palmas.

Dona Clotilde, esposa do Juarez surgiu pela lateral da varanda, enxugando as mãos no avental e abrindo um sorriso para Gilberto. O cabo, velho conhecido da família, se preparou para a bronca. E, ela veio na hora: - Santo Deus renasceu um morto. Quantos anos você não dá as caras por aqui moleque!

Gilberto nem tentou se explicar e engrenou uma conversa sobre o presente, falando sem dar chance de resposta: - Dona Clotilde meu avô morreu faz três anos e ele era quem me trazia aqui, com sua tropa de Folia de Reis. Hoje eu estou trabalhando, passei por perto e não perdi a chance de matar as saudades. Onde está o Seu Juarez?

Os dois outros militares entraram, fecharam a porteira e se juntaram a Gilberto e Clotilde.

Abraçando Gilberto, Gomes Cordeiro e Almeida, a anfitriã respondeu cumprimentando a todos: - Juarez tá na roça foi buscar umas raízes de aipim para o café. Vamos entrando e se acomodando. Na verdade, entrar era dar a volta pela varanda lateral até os fundos da casa onde havia outra varanda com fogão a lenha e uma longa mesa com bancos compridos a guarnecendo. Coisa da roça.

Acomodados, logo surgiu na mesa um prato de esmalte com três canecas de alumínio onde um café cheiroso adoçado com garapa foi servido. Nisso um cachorro de caça surgiu dos fundos do quintal e latiu para os estranhos. Seu Juarez assobiou alto e na hora o cão sentou calado.

Novamente a receptividade do fluminense veio à tona, pois sem mesmo conhecer dois dos presentes, o velho lavrador abraçou os três e se acomodou na cabeceira da mesa, perguntando pelos familiares de Gilberto: - O povo de Paracambi sumiu dos ternos de reis. Onde está essa gente?

De novo Gilberto contou que seu avô falecera há três anos e o pessoal da folia dispersou por outros grupos de Sacra Família e de Morro Azul. Ao dizer que estava ali a trabalho, seu Juarez perguntou intrigado: - Ué, e o que vocês fazem na vida. Foi à hora de Gomes Cordeiro entrar na conversa explicando em poucas palavras a natureza de nosso trabalho.

O casal ouviu atento e dispararam um leque de perguntas sobre o trio: Vocês são do Exército e onde está a farda? E essa barba, não se obriga a raspar a cara no quartel? Qual a jornada de vocês aqui nessas bandas?

O capitão foi cauteloso e verdadeiro com a dupla de lavradores: - Somos da Polícia do Exército e estamos aqui procurando por gente ruim que roubaram uma criança na capital. Concluiu o cavalariano: - Por isso estamos disfarçados.

Um breve intervalo silencioso seguiu à explicação do oficial e o trio aproveitou para sorver uns goles do café. Seu Juarez, nascido e criado naquela terra, conhecedor de todos os moradores da região, quebrou o silêncio dizendo: - O Alcides Barreto alugou o sítio para uns alunos da Rural já faz quase seis meses. Fora essa gente não tem mais ninguém estranho por aqui.

Gilberto puxou o fio da meada emendando nova pergunta: - É o sítio da cachoeira? Balançando a cabeça afirmativamente, seu Juarez respondeu. Terminaram o café e dona Clotilde que havia sumido da varanda apareceu com uma galinha morta e pegando um tacho colocou água fervendo e ali mesmo depenou a ave.

Gomes Cordeiro sugeriu o imediato retorno ao quartel e foi repreendido pelo casal: - Primeiro a janta, depois à volta. Almeida, calejado pela vida simples, se juntou a dona Clotilde no preparo da galinhada e conversando buscou outras informações sobre os novos moradores do sítio da cachoeira.

Juarez, Gomes Cordeiro e Gilberto permaneceram em volta da mesa conversando sobre o tempo, a plantação de milho e aipim, o abandono que o distrito estava até que o jantar ficou pronto.

Seu Juarez abriu uma cachaça Paraty e serviu cinco doses, todos brindaram a amizade e se fartaram com uma fumegante canja de galinha, engrossada com fubá. Gilberto ficou esperando Gomes Cordeiro, o oficial, começar a comer, mas levou um pontapé de leve por debaixo da mesa e um olhar azul fuzilante do cavalariano. Comeram a se fartar.

Por volta das vinte horas o grupo se despediu e Gilberto na saída perguntou ao casal se eles poderiam acampar no quintal dos fundos, caso houvesse necessidade. - Claro. Foi a resposta uníssona dos dois. Dali o trio foi direto para o quartel em Paracambi.

Ao entrarem foram avisados que o comandante estava aguardando a chegada deles. Estacionou o carro, Gilberto guardou a moto na garagem do batalhão e se dirigiram ao pavilhão de comando, parcialmente iluminado e com movimento não habitual para àquela hora da noite. A corneta tocava o pernoite e o saguão estava lotado de gente a paisana.

Como a informação obtida no fim da tarde pelo DOI foi confirmada com a prisão de outro integrante do grupo terrorista, a coordenação das operações se deslocou do Rio de Janeiro para o quartel em Paracambi, por ser a unidade mais próxima do teatro de operações.

Gomes Cordeiro muito conhecido por praticamente todos os presentes foi saudado militarmente e respondeu com um cumprimento verbal coletivo. Abraçou um velho amigo de Minas Gerais, o tenente Del Menezzi, que estava destacado em Juiz de Fora e recebeu ordens para se deslocar com uma EBA para Paracambi.

Todos se dirigiram para a sala de conferências e lá estava os coronéis do CODI do I Exército, o comandante do Batalhão Depósito de Munições, o major chefe da Seção de Informações do DOI, além de outros oficiais superiores. Os capitães e tenentes recém-chegados ocuparam suas cadeiras e as praças se sentaram ao fundo da sala.

O Coronel Ney, comandante do BDMUN, dirigiu a reunião. Um mapa da região foi apresentado aos agentes e Gomes Cordeiro pediu para atualizar os dados na carta. Autorizado, chamou Gilberto e lhe disse: - Marque o sítio da cachoeira na carta.

Enquanto Gilberto localizava a chácara na carta, o capitão prosseguiu falando do casal que poderia apoiar uma ação de vigilância na área e da única propriedade alugada para estranhos na região. Por fim, foi até o quadro-celotex onde a carta estava identificada e apontou o bastão para o local marcado pelo cabo.

O Major Francisco Demiurgo Santos Cardoso (o Dr. Guarany), chefe da seção de informações do DOI assumiu a palavra e começou o planejamento com ajuda de todos os presentes. Escalou equipes de vigilância, de busca e de assalto; Distribuiu os meios disponíveis; Organizou a escala e estabeleceu dois dias depois como prazo máximo para encerrar a missão. Prioridade um: confirmar a presença do sequestrado na chácara da cachoeira.

Ao final da reunião já passava das onze da noite e todos foram para seus respectivos alojamentos, inclusive os convidados. Logo após o banho e a troca de roupa se deslocaram em grupos para o rancho onde havia uma ceia para todos. O dia seguinte começaria às cinco horas da madrugada. A ordem era sair do quartel antes do toque da alvorada.

Clareando o dia o trio novamente chegou ao sítio de Juarez, na Cacaria. Nem precisou bater palmas, pois o cão deu o alarme e dona Clotilde abriu a porteira para a passagem do Opala. Estacionado nos fundos da casa e com o rádio ligado o carro foi coberto com uma colcha de fuxico.

Seu Juarez estava pronto para cooperar e perguntou se eles já haviam tomado café da manhã. Diante da negativa, dona Clotilde novamente serviu as canecas de café e um prato cheio de pedaços de aipim cozido, além de uma lata de manteiga. Almeida atacou primeiro e se lambuzou de tanto comer.

Terminado o desjejum, guiados por Juarez, seguiram pelos fundos da propriedade em direção ao tal sítio da cachoeira, pelo meio da mata. Cerca de um quilômetro adiante o grupo parou sob uma frondosa figueira brava e foi avisado que já estavam nas terras do sítio. Gomes Cordeiro usou a lógica e escalou Almeida para seguir adiante e tentar fotografar moradores da chácara. O mulato, vestido com roupa escura, sumiu no mato.

Meia hora se passou e um leve ruído chamou a atenção de Juarez, era Almeida retornando. Como uma onça o sargento foi até a casa principal e conseguiu pelo menos três fotografias de pessoas em seu interior. Fotografou também o imóvel e seu entorno. Voltaram imediatamente para a casa de seu Juarez.

Pelo rádio informaram que as fotografias foram tiradas e que precisavam de um estafeta para levar o filme para revelação. Cerca de quinze minutos depois o cabo Altamiro chegou pilotando a moto e recolheu o filme fotográfico. Para o capitão Gomes Cordeiro transmitiu a ordem expressa do Dr. Guarany: - João não tome de assalto o sítio da cachoeira.

Em lugar de ir para Paracambi o cabo Altamiro se deslocou para Seropédica e lá foi direto para o laboratório fotográfico da Foto Elite, ao lado da farmácia do Roberto. Uriel já estava na loja aguardando o filme chegar e como morava ali desde criança pediu para o fotógrafo revelar as fotos com urgência e discrição. Tão logo o filme foi revelado e as fotos impressas o cabo Altamiro montou na motocicleta e seguiu em direção a Paracambi pela rodovia Rio-São Paulo antiga.

O azar estava presente e Altamiro foi parado numa blitz policial defronte a igreja de Santa Terezinha. À paisana, sem documentos quentes, armado, com uma moto de chapa fria, levou dois pescoções antes de dizer qualquer coisa, sendo jogado na traseira do jipe do subdelegado José Bento e levado para a delegacia situada logo após o campus da Universidade Rural.

Uriel viu a moto de Altamiro diante da igreja e parou para saber o que houve. Confirmado que o cabo fora preso com todo material na sacola de estafeta e conduzido para a delegacia, o cabo atravessou a rodovia e na fábrica de macarrão pediu para telefonar para o quartel. Relatou o ocorrido e recebeu ordens para se deslocar imediatamente para a delegacia de polícia e notificar o subdelegado sobre quem era o preso.

Cabo Uriel chegou à delegacia e foi entrando até a sala do subdelegado José Bento. Um bate-pau apareceu dos fundos e interpelou o cabo sobre o que desejava, ele respondeu que queria ver o subdelegado. Um chá de cadeira aguardava o militar. E, enquanto aguardava a presença do subdelegado, uma viatura freou fortemente no pátio de terra diante da delegacia e dela desembarcaram dois militares à paisana – major Cardoso (Dr. Guarany) e o tenente Del Menezzi - que entraram rapidamente em busca dos cabos.

Uriel se identificou à dupla de oficiais e afirmou que estava a mais de dez minutos esperando o policial reaparecer. A dupla fez diferente abrindo a porta da sala e constando que ninguém estava ali, se deslocou para os fundos, onde Altamiro já estava pendurado em um pau-de-arara com a cabeça enfiada num tanque de lavar roupas.

Del Menezzi foi sacando a pistola Colt .45 e enfiando o cano na cara do policial que mantinha a cabeça de Altamiro sob a água. Nisso sai de uma portinhola escura o subdelegado José Bento que estava no banheiro. Dessa vez foi o Dr. Guarany quem reagiu com presteza e agressividade, soltando um direto no queijo do subdelegado que caiu sobre o vaso sanitário.

Algemados os dois policiais, desamarraram Altamiro da cavadeira que servia de eixo para o pau-de-arara e notaram que o militar havia levado muitos golpes no rosto. O tenente foi incisivo se dirigindo aos policiais: - Onde está a mochila que o Altamiro transportava? Eles apontaram a sala do subdelegado e Uriel para lá se dirigiu, voltando no minuto seguinte com a bolsa nas mãos.

Sem saber o que fazer com a dupla de policiais, o major decidiu levar todo mundo para o quartel do BDMUN, onde Altamiro seria cuidado na enfermaria e o comandante decidiria o que fazer com os policiais. Dez minutos depois entravam pelo portão da guarda e seguiram direto para o posto de controle da operação (PCO) sob o bosque de eucalipto da Companhia de Vigilância.

Os dois coronéis conversavam baixinho nos fundos do palanque de formatura, após algum tempo ambos se dirigiram ao PCO. O comandante do quartel deu ordens para que soltassem os policiais na rodovia e que eles se virassem para voltar à delegacia. Com uma só recomendação: - Boca fechada. Assim foi feito.

Todos reunidos no PCO e as ordens de combate começaram a ser designadas. A confirmação do cativeiro e a certeza da quantidade de terroristas no sítio não dava margem para adiar o assalto. Uma equipe já estava no local, duas outras chegariam por volta das cinco horas da manhã no sitio da cachoeira, dando início ao ataque.

A noite foi de preparativos e pouco sono. Por volta das quatro horas da manhã as equipe se reuniram no cassino de sargentos e durante um café frugal repassaram a missão. Os coronéis Leônidas, do CODI e Nei, comandante do batalhão, desejaram sorte as equipes e juntos se deslocaram para a região em uma viatura descaracterizada, uma caminhonete C-10 cabine dupla.

As duas outras equipes foram diretas para o sítio do Seu Juarez atualizar a equipe de Gomes Cordeiro e ajustar o ataque. Os nove militares se sentarem na varanda dos fundos da casa e o tenente Del Menezzi repassou o ataque mais uma vez para todos.

Antes que concluísse o briefing ouviram um tiroteio desencadeado na direção do sítio da cachoeira. Todos se armaram e partiram em direção ao alvo, cerca de duzentos metros adiante da chácara onde estavam. A equipe de Gomes Cordeiro se deslocou pelo mesmo caminho já trilhado na mata.

Uma desgraça havia ocorrido no sítio da cachoeira. O subdelegado José Bento havia lido o relatório manuscrito de Gomes Cordeiro e visto as fotografias reveladas. Tomou a decisão de realizar a libertação do refém, que não sabia quem era, com sua própria equipe de polícia. Chegando ao sítio com o giroflex do jipe aceso e arrombando o portão a tiro, sua equipe foi recebida à bala, sendo travado o tiroteio ouvido pelos militares na chácara vizinha.

Pela estrada as duas equipes chegaram ao sítio da cachoeira se engajando pelo fogo e ultrapassando os três policiais da Seropédica que não conseguiam entrar no imóvel. Os sargentos Henrique (o Alemão) e Vilas Boas e o tenente Del Menezzi foram os primeiros a penetrar na casa. Metralharam um homem e uma mulher que atiravam da janela do quarto. Os três outros ocupantes do sítio se evadiram pelos fundos, batendo de frente com o sargento Almeida e o cabo Gilberto que não pestanejaram e abriram fogo. Ofegante Gomes Cordeiro se reuniu à equipe e atirou também sua Walter PPK.

Aquele silêncio com cheiro de pólvora e morte se fez presente no matagal, Almeida ouviu passos se distanciando em direção ao Ribeirão das Lajes e indicou isso aos outros dois. Gomes Cordeiro, sem saber o que havia ocorrido na sede do sítio deu ordens para que avançassem em direção a casa.

Conferiram dois mortos no trajeto e chegaram fazendo barulho e evitando acidentes. Ao olhar para o trio que estava parado na sala a equipe que veio da mata ficou paralisada, Vilas Boas e Del Menezzi estavam chorando, enquanto Alemão parado em frente à parede do quarto olhava para o infinito.

Ato contínuo a terceira equipe havia manietado os policiais e também entrava na sala onde o ambiente era de funeral. Os nove militares estavam ali, então por que motivo se chorava? Alemão com seu jeito seco quebrou o mal estar informando a todos: - Perdemos o menino!

O sequestrado era um garoto de seis anos, filho de um médico do Hospital Central do Exército e havia sido assassinado com um tiro na cara pela mulher que portava uma pistola Makarov 9 mm, ainda com brasão da URSS. O choque foi geral e nocauteou moralmente a todos.

Major Cardoso reagindo ao estupor perguntou sobre o entrevero na mata ouviu o resumo de Gomes Cordeiro, com a ressalva de que um terrorista havia fugido em direção ao rio. Liberou um dos policiais para dirigir o jipe, colocando os três outros ainda algemados na viatura, duas equipes embarcaram e seguiram de volta ao batalhão.

Almeida começou a fotografar todos os mortos e o local do tiroteio. Gilberto foi até a chácara de Dona Clotilde para tranquilizar o casal, enquanto Gomes Cordeiro dava uma volta na mata em busca de marcas do fugitivo. Ao saber da morte de uma criança, Dona Clotilde pegou um lençol branco e quatro velas, determinando a Gilberto que a levasse até o menino.

Quase duas horas depois o pessoal do IML de Nova Iguaçu chegou para levar os cadáveres. Para a surpresa da equipe que ali permaneceu a ordem era para recolher uma criança assassinada a tiros, mais ninguém. Assim foi feito. Gomes Cordeiro não esperou ordem por escrito e pegou o Opala no sítio de Seu Juarez sumindo na estrada de barro. Um bom tempo depois apareceu com um rolo de corrente de uma polegada cortada em pedaços de dois metros.

Chamou Almeida e Gilberto e juntos amarraram braços e pernas dos terroristas mortos, colocando três deles no porta-malas do carro e o quarto entre os bancos dianteiros e traseiros do veículo. Despediram-se do casal amigo e subiram a Serra das Araras, jogaram os mortos na represa da Light, um pouco antes da entrada de Piraí e retornaram para o BDMUN.

O ambiente estava péssimo no PCO, o médico pai do garoto havia sido trazido para o batalhão e estava inconsolável. Os mais velhos faziam um silêncio respeitoso diante da dor imensa daquele pai. Os jovens da equipe fuzilavam ódio pelos olhos, queriam vingança imediata e multiplicada.

Coube ao coronel Leônidas encerrar a missão e dar destino a todos. Foi breve, não agradeceu a ninguém e terminou dando uma palavra de esperança: O General Frota quer preso quem planejou esse sequestro e morto o fugitivo da Cacaria.

Altamiro havia sido levado para a Casa de Saúde Nossa Senhora Aparecida, em Paracambi, onde ficou internado por alguns dias. Os quatro mortos eram da Var-Palmares e do MR-8. Seus nomes nunca foram revelados, pois só os codinomes foram lançados no relatório final.

O fugitivo foi visto baleado em um hotel às margens da Rodovia Presidente Dutra e ao ser abordado pela Polícia Rodoviária Federal reagiu e foi morto no pátio defronte a oficina do Argênio, no lado contrário da rodovia. Era mais um integrante do MR-8.

Capítulo 5 - Guerrilha do Araguaia

I – Fechando o primeiro ciclo

O ano seguiu e com eles várias outras missões. Até que em novembro Cabo Gilberto foi convidado a participar de uma reunião no Quartel General da 1ª Divisão do Exército. Auditório cheio, de cara ficou sabendo que era algo grande que iria acontecer.

Cumprimentou os conhecidos, sentou-se ao fundo e aguardou o início da reunião. Para sua surpresa o General Hugo de Abreu, nomeado para comandar a Brigada Aero terrestre (hoje de Infantaria Paraquedista), subiu ao palco e foi militarmente saudado por todos. Herói da Segunda Guerra Mundial, o General Hugo era um mito entre a tropa.

Ali Gilberto ficou sabendo que havia um foco de guerrilha rural atuando na região do Rio Araguaia há mais de quatro anos. E uma nova faceta da História começou para o Brasil no decorrer daquela reunião. O General Hugo de Abreu começou sua fala lembrando que em 1945 foi para a Europa lutar contra o totalitarismo, hoje a luta seria contra outra forma de totalitarismo – a ditadura comunista – agora em pleno território nacional, lamentou ele.

Hugo de Abreu apresentou um plano de ação do Exército bem superficial sobre o que seria levado a cabo no Araguaia. E para surpresa de todos, logo após a exposição os grupos de ação foram formados, cada um sob o comando de um coronel, nasciam ali às equipes de informação, de ação psicossocial, de ataque, de ocupação militar, logística, entre outras.

Gilberto foi chamado para integrar o grupamento de Informação e lá estavam vários conhecidos dos DOI do I Exército, da 1ª e 4ª Divisões de Exército. Procurando se misturar entre os conhecidos Gilberto era mais um entre os trinta e tantos barbudos a paisana.

Deslocados para o quartel do 1ª Companhia de Polícia do Exército da 1ª DE o grupo de informação foi apresentado aos oficiais que iriam conduzir a operação. Todos foram nomeados como doutor fulano, sicrano e beltrano, sendo o chefe identificado como o Tenente Coronel Roberto Amorim Gonçalves, o Dr. Fabrício, do DOI do Comando Militar de Brasília.

A missão ficou conhecida ali mesmo: se infiltrar na região, disfarçados, ou como posseiros, ou funcionários do INCRA, outros ainda como mascates, visando criar uma rede de informantes locais, buscando todos os dados disponíveis sobre as atividades terroristas na região. Além disso, atualizar as cartas topográficas para as posteriores ações e confirmar as informações já disponíveis.

Gilberto se assustou com a ideia de atuar na floresta, em especial a Amazônica. Nascido e criado na Baixada Fluminense o maior rio que conhecia era o Guandu com dezenas de metros de leito, uma mixaria diante dos gigantescos rios amazônicos. No primeiro intervalo os componentes do contingente foram levados ao rancho dos soldados onde uma equipe de saúde vacinou todos eles contra a febre amarela, a difteria e o tétano.

Ao retornar ao auditório da PE foram orientados sobre datas, preparativos familiares e o que levar para a selva.

Menos de um mês estariam em plena selva amazônica, mais perdidos que cego em tiroteio. Ao encerrar a reunião o coronel agradeceu a todos e lembrou que ali todos eram voluntários. Despediu-se marcando encontro no Campo dos Afonsos para embarque.

No Exército é assim, você é voluntário e nem sabe.

II – Vencendo o medo

Os dias que se seguiram à reunião na Vila Militar foram de preparativos e de aprendizagem. Diante da total ignorância da maioria dos militares escalados para atuar naquela operação, dentro da selva, ignorante de toda a geografia da região e principalmente, nada sabendo sobre os terroristas que haviam se instalado por lá há anos, o comando do I Exército montou um treinamento intensivo para o pessoal do destacamento precursor, que incluía a turma de informação.

Três vezes na semana o pessoal do destacamento se reunia no centro de instrução Penha Brasil, na brigada dos paraquedistas, um dia era só para sobrevivência na selva, outro destinado ao detalhamento da missão e o último só para entender de onde surgiu, com quem e com que objetivo esse movimento se instalou no Brasil. Ou seja, para conhecer o inimigo.

Dois dias eram de muita ralação, pois havia treinos físicos, de combate corpo a corpo, orientação na selva, montagem e desmontagens de armadilhas, entre outras instruções de combate. Mesclando as práticas eram realizados preparativos para montar as estórias coberturas de cada um com o apoio de ator profissional, de militares oriundo da região do Bico do Papagaio e até de uma vendedora da Avon para ensinar como vender por meio dos catálogos e revistas. Foi um mês de muita preparação técnica e intelectual.

Nas aulas para conhecer o inimigo surgiam instrutores oriundos das escolas militares, pracinhas da última guerra, além de vários comunistas arrependidos. Uma das aulas traçou detalhadamente como a guerrilha foi planejada e iniciada, inclusive com o emprego do velho terrorista – o sexagenário Francisco Chaves que havia participado da Intentona Comunista de 1935, nas fileiras da Aliança Nacional Libertadora, do Partido Comunista Brasileiro.

A luta armada começou em 1935 e nunca foi abandonada pelos comunistas. Continuou em Trombas e Formoso, no estado de Goiás, no período de 1950 a 1957 quando houve nova tentativa de implantar o comunismo pelas armas. Fracasso novamente. Isso em período de plena estado de direito começando com Eurico Dutra até Juscelino Kubitschek de Oliveira. Nenhum respeito à democracia.

Na mesma época da Revolução Cubana, em Pernambuco se instalava com total apoio de Fidel as Ligas Camponesas, levando o comunismo como bandeira de luta para o campo nordestino. Já em 1962, com Jango no governo, a polícia federal desmantelou um foco guerrilheiro em Dianópolis, Goiás, liderado por militantes do partido comunista e muito bem armado com fuzis e metralhadoras. Era uma academia para formar terroristas tupiniquins.

A região norte de Goiás se tornou um caldeirão de experiências da guerrilha rural, com focos e tentativas de estabelecer a luta armada permanentemente. Foi nesse cenário conturbado há mais de trinta anos que o Partido Comunista do Brasil, o PC do B, decidiu repetir o feito de Fidel Castro em Sierra Maestra, na minúscula ilha de Cuba.

Levados em pequenas levas de militantes os terroristas treinados em Cuba, Argélia, Albânia e China ocupavam o imenso território do Bico do Papagaio, na confluência de três estado brasileiros: Goiás, Pará e Maranhão. Uma terra de ninguém, no meio do nada. Comprando propriedades, grilando outras, os "paulistas" foram chegando à área desde o início da década de sessenta.

Informação é quebra-cabeça e exige a montagem de um grande mosaico onde não se sabe de antemão se a peça encontrada vai se encaixar. O Exército demorou a se adaptar às novas formas de guerra, quando então criou um órgão central – o Centro de Informações do Exército (CIE) – responsável por dar ao problema uma cara conhecida e possíveis soluções.

Um terrorista preso no Ceará, uma guerrilheira presa em São Paulo, um infiltrado que repassa dados, as unidades militares que informam pelo canal de comando, tudo isso coordenado em um só órgão e com grande capacidade de análise da informação era o CIE em ação. O Ministro do Exército começou a decidir com dados confiáveis e isso criou um circulo virtuoso na força. As polícias militares foram integradas nessa rede de informação e a capilaridade garantia um conhecimento profundo e detalhado de qualquer inimigo do Brasil, do Oiapoque ao Chuí.

Os terroristas urbanos levaram os serviços de informações para a selva e entregaram os que lá estavam sem saber que isso não demandava um só tiro de canhão. Os contatos com os fornecedores de suprimentos foram decisivos para descortinar o foco de guerrilha implantado durante uma década na Região do Bico do Papagaio.

Desse conhecimento histórico, geográfico e psicossocial nasceu a necessidade da Operação Papagaio, deflagrada em 1972. E Gilberto nela estava como "voluntário".

Com o conhecimento do inimigo e da geografia da região o medo do desconhecido se esvai, sobrando o mistério da Selva Amazônica a ser descortinado. Gilberto lê as apostilas mimeografadas da Escola Superior de Guerra e os catálogos de terroristas deslocados pelo PC do B para o Norte de Goiás. Com isso vai amealhando mais conhecimento das forças inimigas, além de suas fraquezas logísticas e militares. O medo vai dando lugar à ansiedade, ao momento de por os pés em Xambioá.

III – Operação Papagaio

A operação foi assim denominada devido à região onde iria ocorrer– Bico do Papagaio, no entroncamento de três grandes estados: Goiás, Maranhão e Pará. Em 1971 o CIE havia montado um quadro-geral da migração de membros do PC do B para uma só região, devidamente comprovado por outras fontes e isso permitiu um planejamento em grande escala de uma ação para enfrentar o que lá estivesse acontecendo. A Operação Papagaio era a materialização desse planejamento estratégico que iria garantir futuras ações de combate naquela região.

O General Hugo de Abreu iria executar o plano em várias etapas que ganhariam os nomes de: Sucuri, Marajoara e Limpeza. Para as demais etapas se concretizarem o sucesso da Operação Papagaio era fundamental. O próprio general recepcionou o destacamento precursor na Base Aérea dos Afonsos, em Realengo, no Rio de Janeiro.

Levados para um grande hangar ao lado da pista de pouso e decolagem da base, acomodadas as bagagens, os membros da força de operação de informação sentou em torno do General Hugo e o ouviu transmitir as ordens de batalha e o calendário da operação. O paraquedista fez uma pausa e perguntou ao major Lício Maciel como se chamaria aquela primeira operação de informação; Lício batizou-a de "peixe", em alusão à rede que seria construída para pescar os peixes comunistas.

Grupos formados, missões individuais e grupais na ponta da língua, material preparado, homens motivados era hora de partir para uma grande aventura. Dividiram-se em grupos menores, em função da missão de cada um e receberam um aperto de mão do general. Hora de embarcar.

Bagagens nas mãos dirigiram-se aos dois C-115 Búfalo, aeronaves que pousam em qualquer buraco, já estacionados próximo ao hangar. O destacamento de operação de informação parecia com o incrível exército de Brancaleone. Sem armas aparentes, sem fardamento, barbudos, desleixados, não parecia nem um pouco com uma tropa de elite.

As aeronaves taxiaram pela pista e sem esforço voaram em direção à base de Brasília. Duas horas mais tarde pousavam na capital federal, ali foram reabastecidas e após o almoço no rancho da base, novamente decolaram em direção ao Bico do Papagaio.

Outras duas horas de viagem se passaram sobre um chão verde imutável, primeiro o Cerrado, depois a selva. E no meio do nada uma clareira vista do alto, na verdade uma pequena cidade goiana – Xambioá. Iniciada a aproximação para o pouso a cidade foi surgindo nas pequenas janelas da aeronave, até que os motores silenciaram e planando começou o pouso. A reversão das hélices avisou aos passageiros: avião no solo.

Um simples campo de pouso, de terra batida, menos de quatrocentos metros de pista e os Búfalos pousaram sem problemas. Desembarque imediato, dois caminhões civis aguardavam na cabeceira da pista e para lá todos se dirigiram. As aeronaves manobraram, aceleraram seus potentes motores e voaram para algum lugar.

Os dois motoristas receberam o destacamento e mandaram embarcar nas carrocerias. Meia hora depois chegavam à base de operações: a casa de telhado azul.

Desembarcaram e uma cara conhecida aguardava, era o Dr. Fabrício, do DOI de Brasília. Um telheiro aberto oferecia sombra e dava uma ideia de sala de aula, com cadeiras e quadro-negro. Acomodaram-se no local e o coronel iniciou as ordens finais para as equipes, entregando endereços para os que iriam tomar posse de propriedades rurais, mandando encostar uma "Veraneio" para levar o "pessoal do INCRA" para a pensão previamente alugada.

Gilberto, Lucas e Mateus exerceriam a função de mascates e cada um recebeu um veículo adequado. Lucas e Mateus venderiam tecidos e bugigangas para casa, cada um tomou posse de uma Kombi. Já Gilberto venderia cachaça em barril e querosene, assumindo uma caminhonete Ford Willys F-75, de três marchas para frente e carroceria de madeira.

Gilberto abriu o envelope contendo a ordem de batalha e deveria buscar um sítio na saída para Ilhinha e lá buscar guarida por um dia. Assim fez. Na manhã seguinte foi conduzido pelo sitiante até a balsa que o transportou para São Geraldo do Araguaia, no Pará. Dali em diante estaria sozinho, com a escopeta calibre 12 e um revólver Taurus 38 cano curto.

A Rodovia Transbrasiliana, BR-153, o levaria ao destino final em Marabá, a cerca de 170 quilômetros dali. O desafio estava na estrada de chão, com atoleiros imensos e o nada em volta, só a selva.

Cerca de trinta quilômetros adiante havia um ajuntamento de pequenos sítios de extrativistas de madeira e de castanhas. Gilberto começou a missão naquele vilarinho. Oferecendo cachaça e querosene foi fácil se aproximar dos moradores. Conversa vai, conversa vem e alguém falou de uns "paulistas" que andaram proseando com alguns deles cerca de um mês antes.

Vendeu meia dúzia de litros de pinga e alguns quartos de querosene. Já se despedindo foi abordado por um rapaz de cerca de vinte anos que pedia carona até o posto-restaurante que ficava a mais de setenta quilômetros adiante. Acedeu e aguardou o moço arrumar uma trouxa de roupas. Retomando a viagem, a conversa dos dois foi imediata, afinal um era da cidade e o outro queria saber das coisas de Goiânia. Gildácio, o jovem, nunca havia saído da selva.

A menos de trinta quilômetros por hora a camionete balançava para todo lado diante da buraqueira da rodovia e das poças de lama que faziam a pick-up derrapar de lado. Gilberto levou a conversa para os "paulistas" e o jovem soltou a língua. Mostrando que a presença de gente de fora era confirmada por mais de uma fonte.

Entre outras coisas o rapaz disse que os "paulistas" convidaram os mais novos da vila a tomar posse de umas terras nas proximidades da confluência do Rio Tocantins com o Araguaia, em São João do Araguaia. O INCRA ia assentar quem tomasse posse e fizesse roça na terra. Mas, o pai dele não achou boa ideia porque aquelas terras não eram boas para plantio. Gilberto desafiou a memória de Gildácio perguntando-lhe se lembrava de alguma cara dos "paulistas".

Após algum tempo o paraense lembrou que um dos "paulistas" era preto, alto, forte e falador. Dizia que era garimpeiro, mas ele não acreditou ao apertar a mão sem calos do outro. A viagem seguiu, bem como a prosa dos dois jovens. Até que novamente foi aparecendo um casebre aqui, outro ali. Novo vilarejo surgiu e era hora de vender.

Por sugestão de Gildácio pediram abrigo na casa de um castanheiro conhecido de seu pai. Trocando meio litro de querosene por dois pratos de comida, se alimentaram e já anoitecendo foram se instalar no paiol de castanha. Em pouco tempo o sono chegou e cansados dormiram profundamente.

O galo cantou ao amanhecer e tirou os dois do sono. Lavaram o rosto numa bacia de alumínio e o cheiro de tapioca com carne de sol dominou os dois rapazes que se apresentaram na cozinha com rapidez. Uma caneca de leite, duas tapiocas salgadas e uma espiga de milho cozido foi o desjejum de Gilberto. Antes de seguir viagem perguntou a dona Maria Amélia se ela viu alguns "paulistas" nos últimos dias. Ela puxou pela memória e garantiu que o negão do garimpo passou no lugarejo indo para o Rio Tocantins.

Gilberto agradeceu e embarcando na F-75 seguiu viagem para Marabá. Chegando a um cruzamento com a rodovia para Brejo Grande do Araguaia Gildácio informou que soube que naquela cidade havia bastante "paulistas" arrebanhando gente para tomar posse das terras no Rio Tocantins.

Anotado a dica, a viagem prosseguiu até o único posto de gasolina naquele trecho de quase duzentos quilômetros de selva. No restaurante Gilberto pagou o espeto corrido para ambos e comeram churrasco até se fartar. Pagou um banho e uma cama na pensão e ali ficou por um dia, vendendo cachaça em cabaça de meio litro.

No cair da noite começou a visitar as pequenas casas em volta do lugar na esperança de vender querosene e coletar informações sobre os tais "paulistas". Visitou praticamente todas as casinhas de adobe e vendeu alguns litros de querosene. Na prosa ficou sabendo que uma Rural Willys havia comprado muito óleo diesel no posto para um acampamento dos garimpeiros paulistas. Soube também que o acampamento ia mudar de lugar para tentar bamburrar ouro mais acima no Rio Tocantins, próximo a Apinagés. De volta ao posto, Gilberto registrou os dados no diário de bordo e foi dormir.

O sol implacável já surgia no horizonte verde quando Gilberto e Gildácio acordaram e foram para o restaurante do posto. Lá havia café fresco, um luxo naquela região do Brasil. O salão do restaurante estava impregnado com o forte cheiro de café o que fazia a vontade de comer aumentar naqueles dois garotões. Atracaram no bule de café adoçado com garapa de cana e forraram o estômago com um arroz de carreteiro daqueles que matou o guarda de tão gostoso.

Alimentados, abastecida a pick-up, seguiram pela estrada barrenta e enlameada aqui e ali. Logo a conversa voltou a ser sobre os "paulistas". Gildácio lembrou que um outro mascate vendendo aviamento de costura havia passado pelo vilarejo onde morava e que o homem usava óculos fundo de garrafa. Sua mãe havia comprado alfinetes, linhas e um corte de chita para fazer umas roupas. O detalhe era que o homem ficou de voltar para receber o pagamento no mês seguinte.

Dali os dois seguiram até encontrar a Rodovia Transamazônica e nela foram direto para São Domingos do Araguaia, última cidade antes do destino final. A rotina das paradas em vielas escondidas às margens da rodovia continuou até que apareceu uma placa dizendo: Marabá a 50 Quilômetros.

Gildácio foi o primeiro a comentar que estava perto o fim de sua viagem. Ainda fizeram duas paradas sem grandes destaques até que começaram a ver casas mais perto uma das outras. Era a cidade chegando. E o mateiro avisou a Gilberto: - eu vou ficar antes da ponte do Rio Itacaiúnas, nas Olarias. Assim aconteceu, com uma despedida de velhos amigos novos.

Entrando na cidade de Marabá, Gilberto perguntando aos populares nas ruas se dirigiu ao aeroporto, onde havia um destacamento de operações de informação sendo instalado, sob o comando do major Lício. Lá chegando estacionou a camionete e procurou o tal local. Foi indicado pela sentinela que deveria ir até o saguão do aeroporto e buscar a localização exata do destacamento.

Feito isso foi encaminhado até um pequeno hangar de aviões agrícolas, onde pode se apresentar ao chefe e relatar sua missão em detalhes. Interessado na estória dos "paulistas" o major determinou que Gilberto atualizasse a carta topográfica e criasse um acetato destacando os vilarejos onde havia tido contato da população com os "paulistas".

Em seguida usando uma máquina de escrever datilografou o relatório da missão, com fatos descritos em ordem cronológica desde a saída de Xambioá até a chegada em Marabá. Demorou uma eternidade, pois datilografou com dois dedos as mais de dez folhas de relatório. Major Lício correu os olhos pelo relato e parabenizou o Cabo Gilberto:

- Trabalho de primeira, pena que não teve fotografia na missão.

Liberado pela chefia, Gilberto se instalou no destacamento, onde passou parte da noite. No meio da madrugada acordou com uma baita febre, suando em bicas e tremendo de frio. Malária. Diagnóstico fácil, o cabo recebeu ordens de ser evacuado para Brasília no primeiro avião que para lá fosse. Aquela noite dormiu no Hospital da Guarnição de Brasília, devidamente medicado e tremendo feita vara verde.

Para Gilberto a fase Peixe da Operação Papagaio havia terminado vencido por um mosquito. Tão logo melhorou dos surtos de altas temperaturas foi evacuado para o Hospital Central do Exército, em Triagem, Rio de Janeiro, onde completou o tratamento da maleita.

Por quase um mês o repouso na casa dos pais foi a chata rotina. Agora Gilberto sabia o que era a selva em muitos sentidos. O retorno ao Bico do Papagaio ainda aconteceria no ano seguinte, mas isso fica para outra empreitada.

No Rio de Janeiro estava aberta a temporada das bombas e Gilberto era um especialista em construir e desmanchar bombas. Agora o inimigo não atuava na mata, e sim mandava carta explosiva ou arrebentava bancas de jornal na calada da noite.

Ao se apresentar na Companhia de Comando e Serviços do Batalhão Depósito de Munições, em Paracambi, Cabo Gilberto soube que o I Exército o passara a disposição do DOI em tempo integral. Liberou o armário no alojamento, entregou equipamentos à Subtenência, avisou ao Sargenteante e ao Furriel, se apresentou ao comandante da Companhia e voltou para casa com as tranqueiras do armário e o ofício de apresentação ao DOI da Rua Barão de Mesquita.

EPÍLOGO

Encerrando sem concluir

Gilberto, o rapazinho bom de bola, havia passado na caserna por situações que o resto da vida não aconteceria novamente. Desde sua chegada às marrentas filas do recrutamento, passando pela gritaria e pagação do período básico de instrução militar, pelas lindas explosões na área de desmancho de explosivos, até chegar ao mundo secreto do sistema de informação militar somente dois anos haviam transcorrido. Para quem tem dezoito anos isso é um piscar de olhos.

Consciente das atividades que realizou o Cabo Gilberto havia escrito com a própria mão trechos da História Brasileira. Ao coronel Ney o cabo confidenciou: - Chefe nós vamos ganhar essa batalha, mas a guerra vai se arrastar por muitos anos. Coelhão assentiu sem pestanejar e acrescentou: - "com muito sangue derramado".

Ao ser designado para o DOI do I Exército o cabo Gilberto sabia que agora o bicho ia pegar. Os justiçamentos, os assaltos a banco, sequestros e explosões de bombas exigiam outra estratégia para o combate. Ao se apresentar ao chefe do DOI, coronel Adyr Fiuza de Castro, Gilberto fora designado para a Seção de Informação, integrando uma Equipe de Busca e Apreensão focada em aparelhos subversivos.

O DOI não mais era um órgão de repressão policial, agora o conhecimento sobre o inimigo era o foco das missões. Nem mesmo pau-de-arara existia naquele quartel. Gilberto representava a nova geração de combatente em qualquer ambiente.

As forças armadas, com auxílio das polícias federal e estaduais, dizimava os grupos comunistas sem dó nem piedade, as vezes sem dar um só tiro. Mas, quando era necessário atirar o pessoal sabia fazer com extrema eficácia. Muitos embates sangrentos ou não ainda aconteceriam.

Daí em diante é outra estória...